Learn German
with
Get Rich Stories

German A1 Reader

Brian Smith

German Graded Readers

For more books and E-book options visit:

www.briansmith.de

Der Lottogewinn

1. Der Glückstag

Es war einmal eine nette Krankenschwester namens Jane, die in einer kleinen Wohnung in London lebte. Jane arbeitete den ganzen Tag im örtlichen Krankenhaus, um Menschen zu helfen. Doch sie hatte Sorgen wegen ihrer Rechnungen und darüber, wie sie ihrer Familie finanziell unter die Arme greifen konnte.

Eines Tages, aus einer Laune heraus, kaufte Jane ein Lotterielos an einer Ecke. In ihrem hektischen Alltag vergaß sie jedoch das Los. Wochen später, bei der Lotterieziehung im Fernsehen, fiel ihr plötzlich ein, dass sie das Los in ihrer Jackentasche hatte.

Voller Überraschung stellte Jane fest, dass die Zahlen auf ihrem Los mit den Gewinnzahlen übereinstimmten. Sie konnte nicht glauben, dass sie 100 Millionen Pfund gewonnen hatte. Aufgeregt rief sie sofort ihre Schwester an, um die unglaubliche Nachricht zu teilen.

Die Schwester war schockiert, aber auch glücklich für Jane. Gemeinsam überlegten sie, was Jane mit dem Geld machen könnte. Jane fühlte sich aufgeregt, aber auch nervös wegen der bevorstehenden Veränderungen. In dieser Nacht konnte sie vor lauter Gedanken an ihre Zukunft kaum schlafen.

Am nächsten Tag entschied sich Jane dazu, ihren Gewinn zu beanspruchen. Die Geschichte von Janes Glückstag hatte gerade erst begonnen.

1. Alltag: Everyday life
2. Ecke: Corner
3. Finanzen: Finances
4. Gedanken: Thoughts
5. Jackentasche: Jacket pocket
6. Krankenschwester: Nurse
7. Laune: Mood
8. Lotterielos: Lottery ticket
9. Pfund: Pound (currency)

10. Rechnungen: Bills
11. Schwester: Sister
12. Sorge: Worry
13. Überraschung: Surprise
14. Wohnhaus: Apartment building
15. Zukunft: Future

2. Die neue Millionärin

Jane betrat aufgeregt das Lotteriebüro, um ihren Gewinn abzuholen. Die freundlichen Lotteriebeamten gratulierten ihr herzlich und überprüften ihre Unterlagen.

„Herzlichen Glückwunsch, Jane! Sie sind unsere neue Millionärin!", verkündete einer der Beamten mit einem Lächeln.

Die Nachricht verbreitete sich schnell, und bald standen Reporter vor Janes Tür. Sie baten um ein kurzes Gespräch, doch Jane, die ihre Privatsphäre schätzte, lehnte höflich ab.

„Entschuldigen Sie bitte, aber ich möchte nicht im Rampenlicht stehen. Danke für Ihr Verständnis", erklärte Jane den Reportern.

Nach der Preisverleihung suchte Jane den Rat eines Finanzexperten auf. Der Experte beglückwünschte sie und begann, über ihre finanziellen Möglichkeiten zu sprechen.

„Glückwunsch, Jane! Lassen Sie uns gemeinsam Ihre Finanzen planen, damit Sie das Beste daraus machen können", schlug der Berater vor.

Während sie über ihre finanzielle Zukunft nachdachte, träumte Jane von einem schönen Haus und aufregenden Reisen um die Welt.

„Ich möchte ein gemütliches Zuhause und die Gelegenheit haben, die Welt zu entdecken", sagte Jane begeistert.

Ihre Familie war natürlich begeistert von Janes Glück. Gemeinsam planten sie, wie sie finanziell unterstützt werden könnten.

„Wir könnten endlich das machen, wovon wir immer geträumt haben", schwärmte Janes Schwester.

Jane dachte auch darüber nach, Gutes zu tun und an Wohltätigkeitsorganisationen zu spenden.

„Es wäre schön, etwas von meinem Glück zurückzugeben und anderen zu helfen", überlegte Jane.

Um mit ihrer Familie zu feiern, organisierte Jane ein festliches Abendessen. Alle lachten und freuten sich über die unerwarteten Glückssträhnen.

Bei der Arbeit im Krankenhaus wurde Jane plötzlich zum Mittelpunkt der Aufmerksamkeit. Kollegen gratulierten ihr herzlich und waren glücklich für sie.

„Jane, das ist fantastisch! Herzlichen Glückwunsch!", jubelte eine Kollegin.

Obwohl Jane die Herzlichkeit schätzte, fühlte sie sich auch überwältigt von der plötzlichen Aufmerksamkeit.

„Ich freue mich, aber es ist auch ein bisschen viel", gestand Jane ihrer besten Freundin.

„Wie wäre es, wenn wir zusammen nach Feierabend etwas Zeit für uns verbringen, so wie früher?", schlug die Freundin vor.

„Das klingt wunderbar. Ich vermisse die normalen Zeiten", antwortete Jane erleichtert.

Inmitten all dieser Veränderungen begann Jane, sich nach einem neuen Zuhause umzusehen, um einen entspannten und privaten Rückzugsort zu finden.

1. Aufgeregt: Excited
2. Beamter: Officer
3. Berater: Advisor
4. Begeistert: Enthusiastic
5. Entschuldigen: Apologize
6. Erleichtert: Relieved
7. Familie: Family

8. Festlich: Festive
9. Finanzexperte: Financial expert
10. Finanziell: Financial
11. Gelegenheit: Opportunity
12. Glück: Luck
13. Gratulieren: Congratulate
14. Herzlich: Warm
15. Höflich: Polite
16. Jubeln: Cheer
17. Kollege: Colleague
18. Nachricht: Message
19. Organisieren: Organize
20. Privatsphäre: Privacy
21. Rat: Advice
22. Reise: Travel
23. Report: Report
24. Reporter: Reporter
25. Rückzugsort: Retreat
26. Schätzen: Appreciate
27. Schwester: Sister
28. Sich freuen: Look forward
29. Sich fühlen: Feel
30. Sich überwältigt fühlen: Feel overwhelmed
31. Sich Zeit nehmen: Take time
32. Spendieren: Treat
33. Traum: Dream
34. Unerwartet: Unexpected
35. Unterstützen: Support
36. Verständnis: Understanding
37. Verwirklichen: Achieve
38. Welt: World
39. Wohnhaus: Residence
40. Zuhause: Home
41. Zusammen: Together

3. Große Veränderungen

Jane war auf der Suche nach ihrem Traumhaus. Sie durchsuchte die Gegend, um das perfekte Zuhause zu finden. Schließlich entdeckte sie ein wunderschönes Haus auf dem Land.

„Wow, das ist es! Genau das, was ich mir immer gewünscht habe", sagte Jane aufgeregt zu sich selbst.

Sie kaufte das Haus ohne finanzielle Belastung und begann, ihre Zukunft zu planen. Als erstes plante sie einen luxuriösen Urlaub für ihre Familie.

„Wir sollten gemeinsam die Welt entdecken. Das wird unvergesslich!", schlug Jane ihrer Familie vor.

Inmitten all dieser Veränderungen entschied sich Jane dazu, ihren Job aufzugeben, um ihr neues Leben in vollen Zügen zu genießen. Bei der Abschiedsparty, die ihre Kollegen für sie organisierten, flossen gemischte Gefühle.

„Es ist schwer zu gehen, aber ich freue mich auch auf die Zukunft", gestand Jane.

Schließlich zog Jane in ihr neues Haus ein und begann, das luxuriöse Leben zu genießen. Sie plante eine aufregende Reise um die Welt, um all die Orte zu besuchen, von denen sie immer geträumt hatte.

Während sie Zeit mit ihrer Familie verbrachte, knüpfte Jane auch neue Freundschaften in ihrer neuen Gemeinschaft.

„Es ist schön, so viele nette Leute kennenzulernen", bemerkte Jane.

Mit ihrem neuen Lebensstil genoss sie ausgiebige Einkaufstouren und dachte auch daran, anderen zu helfen. Jane spendete großzügig an verschiedene Wohltätigkeitsorganisationen.

Doch dann erhielt Jane eine unerwartete Nachricht, die alles verändern sollte. „Was könnte das sein?", fragte sie sich besorgt, als sie die Nachricht las.

1. Abschiedsparty: Farewell party
2. Aufgeregt: Excited
3. Ausgiebige Einkaufstouren: Extensive shopping trips
4. Belastung: Burden
5. Bemerkte: Noticed
6. Durchsuchte: Searched
7. Entdeckte: Discovered
8. Entscheidung: Decision
9. Entschied sich: Decided
10. Entwickeln: Develop
11. Finanzielle Belastung: Financial burden
12. Flossen: Flowed
13. Freuen: Look forward
14. Freundschaften: Friendships
15. Gefühle: Feelings
16. Gemischte Gefühle: Mixed feelings
17. Genießen: Enjoy
18. Gemeinsam: Together
19. Gemeinschaft: Community
20. Geschenk: Gift
21. Große Veränderungen: Big changes
22. Kennenlernen: Get to know
23. Knüpfen: Form
24. Luxuriöse Reise: Luxurious trip
25. Luxuriöses Leben: Luxurious life
26. Neue Freundschaften: New friendships
27. Nachricht: Message
28. Privatsphäre: Privacy
29. Reise: Trip
30. Schließlich: Finally
31. Schwer: Hard
32. Sich freuen auf: Look forward to
33. Sich vorstellen: Imagine
34. Sich Zeit nehmen: Take time
35. Spendieren: Treat
36. Spenden: Donate
37. Suchen: Search
38. Traumhaus: Dream house

39. Unvergesslich: Unforgettable
40. Urlaub: Vacation
41. Veränderung: Change
42. Wohltätigkeitsorganisation: Charity organization

4. Die Wendung

Eines Tages erhielt Jane einen mysteriösen Anruf von einer unbekannten Person.

„Hallo, hier spricht Jane. Wer ist da?" fragte sie vorsichtig.

Der Anrufer warnte sie vor einem möglichen Betrug, was Jane verwirrte und ängstigte.

„Ein Betrug? Was meinen Sie damit?" fragte Jane, während sie sich unsicher fühlte.

Um mehr über den Anrufer herauszufinden, begann Jane, Nachforschungen anzustellen.

„Ich muss herausfinden, was hier vor sich geht", sagte sie zu sich selbst.

Dabei erfuhr Jane, dass es einen Lotteriebetrug gab, der sich auf Gewinner konzentrierte. Besorgt um ihre Finanzen, begann sie, Maßnahmen zu ergreifen, um ihr Vermögen zu schützen.

„Ich werde sicherstellen, dass mein Geld sicher ist", versprach Jane.

Um andere vor dem Betrug zu warnen, informierte Jane die Polizei über den Vorfall. Zusätzlich engagierte sie Sicherheitskräfte für ihr neues Zuhause.

„Es ist besser, auf Nummer sicher zu gehen", sagte Jane besorgt.

Mit der Angst vor ihrer Sicherheit wurde Jane zunehmend paranoid und begann, öffentliche Orte und neue Leute zu meiden.

„Ich muss vorsichtig sein. Man kann nie wissen", flüsterte sie sich selbst zu.

Inmitten dieser Herausforderungen wurde Jane mit der Realität konfrontiert, dass Geld auch neue Probleme mit sich bringen kann. Um Unterstützung zu finden, wandte sie sich an alte Freunde.

„Es tut gut, alte Freunde um sich zu haben", sagte Jane erleichtert.

Ihre Familie stand ebenfalls fest an ihrer Seite und half ihr durch die schweren Zeiten.

„Wir sind für dich da, Jane", versicherte ihr die Schwester.

Jane lernte, vorsichtig zu sein, aber auch zu vertrauen. In diesem Prozess machte sie eine überraschende Entdeckung über ihr neues Haus.

„Es gibt etwas Ungewöhnliches an meinem Haus", teilte Jane mit Verwunderung mit.

1. Angst: Fear
2. Anruf: Call
3. Betrug: Fraud
4. Entdeckung: Discovery
5. Finanzen: Finances
6. Gewinner: Winner
7. Herausforderung: Challenge
8. Lotteriebetrug: Lottery fraud
9. Maßnahmen: Measures
10. Nummer sicher: Play it safe
11. Öffentlicher Ort: Public place
12. Realität: Reality
13. Sicherheit: Security
14. Sicherheitskräfte: Security personnel
15. Sich unsicher fühlen: Feel uncertain
16. Unterstützung: Support
17. Ungewöhnlich: Unusual
18. Unbekannt: Unknown
19. Vertrauen: Trust
20. Vorsichtig: Cautious
21. Vorsicht: Caution

5. Der Höhepunkt

Eines Tages entdeckte Jane ein verborgenes Zimmer in ihrem neuen Haus.

„Ein geheimes Zimmer? Das ist aufregend!", rief Jane erstaunt aus.

Als sie das Zimmer erkundete, fand sie alte Gemälde und Antiquitäten.

„Schau dir das an! Das ist wirklich beeindruckend", sagte Jane zu sich selbst.

Um mehr über die wertvollen Gegenstände zu erfahren, konsultierte Jane einen Kunstexperten.

„Können Sie mir sagen, wie viel diese Kunstwerke wert sind?" fragte Jane neugierig.

Der Experte enthüllte, dass die Antiquitäten Millionen wert waren.

„Das ist erstaunlich! Wer hätte das gedacht?", staunte Jane.

Die Medien wurden erneut aufmerksam auf Janes Entdeckung.

„Die Geschichte von Jane und den wertvollen Kunstwerken verbreitet sich", berichtete ein Reporter aufgeregt.

Nachdem Jane erfahren hatte, dass Kunstdiebe sie möglicherweise ins Visier nehmen könnten, verstärkte sie die Sicherheit ihres Hauses.

„Ich werde sicherstellen, dass meine Schätze geschützt sind", versicherte sich Jane.

Ihre Nachbarn halfen, ein Auge auf ihr Grundstück zu haben, und die Gemeinschaft stärkte sich.

„Wir stehen zusammen, Jane. Du kannst auf uns zählen", versicherte ein Nachbar.

Um der Gemeinschaft etwas zurückzugeben, entschied sich Jane dazu, die Kunstwerke an ein Museum auszuleihen.

„Es ist wichtig, Kultur zu fördern", erklärte Jane ihren Nachbarn.

Durch ihre kulturelle Beteiligung wurde Jane in der Kunstwelt bekannt.

„Jane, die Kunstliebhaberin! Das klingt gut, oder?" lachte ein Reporter.

Bei einer Kunstveranstaltung lernte Jane jemanden Besonderen kennen.

„Du bist wirklich charmant. Magst du Kunst?" fragte Jane den Unbekannten.

Inmitten von Liebe und Wohlstand fand Jane eine Balance zwischen ihrem neuen Liebesleben und ihrem Reichtum.

„Ich schätze die Liebe genauso wie meinen Reichtum", sagte Jane glücklich.

Um ihre Finanzen zu schützen, wurde Jane geschickter im Umgang mit ihrem Vermögen.

„Ich muss klug sein, um meine Schätze zu bewahren", überlegte Jane.

Mit einem größeren Wunsch, Gutes zu tun, erhöhte Jane ihre Spenden an wohltätige Organisationen.

„Es ist Zeit, etwas zurückzugeben", sagte Jane entschlossen.

Doch dann geschah etwas Unerwartetes, das ihre Perspektive grundlegend veränderte.

„Das Leben hält immer Überraschungen bereit", sagte Jane nachdenklich.

1. Beeindruckend: Impressive
2. Bericht: Report
3. Charmant: Charming

4. Entdeckung: Discovery
5. Entscheiden: Decide
6. Entwickeln: Develop
7. Erstaunt: Amazed
8. Finanz: Financial
9. Fördern: Promote
10. Gemeinschaft: Community
11. Geheim: Secret
12. Gemälde: Painting
13. Geschehen: Happen
14. Größer: Larger
15. Grundstück: Property
16. Kunstliebhaber: Art lover
17. Künstlerisch: Artistic
18. Lebensstil: Lifestyle
19. Liebesleben: Love life
20. Nachbar: Neighbour
21. Nachdenklich: Thoughtful
22. Neugierig: Curious
23. Perspektive: Perspective
24. Reichtum: Wealth
25. Rückblick: Retrospect
26. Schatz: Treasure
27. Schutz: Protection
28. Sicher: Secure
29. Sicherheit: Security
30. Sich versichern: Ensure
31. Spenden: Donate
32. Spionieren: Spy
33. Stärken: Strengthen
34. Überraschend: Surprising
35. Umgang: Handling
36. Unbekannt: Unknown
37. Unerwartet: Unexpected
38. Unerwartetes: Unexpected occurrence
39. Unvergesslich: Unforgettable
40. Verändern: Change
41. Visier nehmen: Target

42. Wertschätzen: Appreciate
43. Wertvoll: Valuable
44. Wohlstand: Prosperity
45. Wunsch: Wish

6. Das Leben ist schön

Eines Tages brach ein Feuer in Janes Nachbarschaft aus.

„Oh nein, das ist schrecklich! Jeder muss in Sicherheit gebracht werden", rief Jane besorgt aus.

Die Gemeinschaft kam zusammen, um zu helfen.

„Wir müssen uns unterstützen. Jeder zählt", sagte ein Nachbar entschlossen.

Jane spielte eine wichtige Rolle bei den Bemühungen zur Wiederherstellung.

„Wir müssen zusammenhalten und wieder aufbauen", erklärte Jane ihren Nachbarn.

Während sie halfen, beschloss Jane, ihre Wohlhabenheit für weitere Gemeinschaftsprojekte zu nutzen.

„Ich habe die Kraft, etwas Gutes zu tun. Lassen Sie uns gemeinsam wieder aufbauen", sagte Jane motiviert.

Gemeinsam halfen sie dabei, beschädigte Häuser und Einrichtungen wieder aufzubauen.

„Die Zusammenarbeit macht wirklich einen Unterschied", bemerkte Jane zufrieden.

Inmitten dieser Herausforderungen stärkte sich auch Janes Beziehung zu ihrem romantischen Interesse.

„Es ist schön zu sehen, wie wir zusammenhalten, nicht wahr?" sagte Jane lächelnd.

Jane fand eine Balance zwischen ihrem Reichtum und ihrem persönlichen Leben.

„Es ist wichtig, beides in Einklang zu halten", erklärte Jane ihren Freunden.

Nach all dem Durchgemachten reflektierte Jane über ihre Reise, von der Krankenschwester zur Millionärin.

„Das Leben ist voller Überraschungen. Manchmal müssen wir nur einen Schritt nach dem anderen machen", sagte Jane nachdenklich.

Trotz ihres Wohlstands blieb Jane demütig und bodenständig.

„Es ist wichtig, die Wurzeln nicht zu vergessen", erinnerte sie sich selbst.

Jane setzte ihre Wohltätigkeitsarbeit fort und wurde noch stärker darin involviert.

„Es gibt so viel Gutes zu tun. Ich werde weiterhin helfen, wo ich kann", versprach Jane.

Ihre Geschichte inspirierte andere dazu, sich ebenfalls für ihre Gemeinschaften einzusetzen.

„Jeder kann einen Unterschied machen. Fangen wir klein an", ermutigte Jane.

Mit neuen Projekten für die Gemeinschaftsentwicklung begann Jane eine neue Phase ihres Lebens.

„Es gibt immer Raum für Neuanfänge", sagte Jane hoffnungsvoll.

Schließlich fand Jane wahre Freude und Erfüllung darin, anderen etwas zurückzugeben.

„Die Möglichkeit zu helfen, bringt das größte Glück", sagte Jane glücklich.

Mit zufriedenen Gedanken überblickte Jane die Zukunft mit Hoffnung und Zufriedenheit.

„Es ist Zeit für neue Abenteuer. Ich freue mich darauf, was kommt", sagte Jane voller Vorfreude.

1. Beziehung: Relationship
2. Bemühung: Effort
3. Besorgt: Concerned
4. Bodenständig: Grounded
5. Durchgemacht: Gone through
6. Durchbrechen: Break through
7. Durchdenken: Reflect
8. Einklang: Harmony
9. Erfüllung: Fulfillment
10. Ermutigen: Encourage
11. Erneut: Again
12. Freude: Joy
13. Gemeinsam: Together
14. Gemeinschaftsentwicklung: Community development
15. Gleichgewicht: Equilibrium
16. Hoffnung: Hope
17. Hoffnungsvoll: Hopeful
18. Herausforderung: Challenge
19. Inspirieren: Inspire
20. Involviert: Involved
21. Klein anfangen: Start small
22. Kraft: Power
23. Lebensreise: Life journey
24. Motiviert: Motivated
25. Nachdenklich: Thoughtful
26. Neuanfang: New beginning
27. Notwendig: Necessary
28. Reichtum: Wealth
29. Reflektieren: Reflect
30. Romantisches Interesse: Romantic interest
31. Sicherheit: Safety
32. Schicksal: Destiny
33. Schritt: Step
34. Stärken: Strengthen
35. Unterstützen: Support
36. Unterschied: Difference
37. Vorfreude: Anticipation
38. Wieder aufbauen: Rebuild

39. Wiederherstellung: Restoration
40. Wohlhabenheit: Prosperity
41. Wohlstand: Prosperity
42. Wohltätigkeitsarbeit: Charity work
43. Zusammenhalten: Stick together
44. Zufrieden: Content

Von der Mafia stehlen

1. Die Ungewöhnliche Gelegenheit

Die Szene ist in der Cayman Islands Bank, wo Charles, ein junger Bankangestellter, arbeitet.

Charles hat einen typischen Tag, bei dem er Kundenabwicklungen durchführt und Konten verwaltet.

Eines Tages bemerkt Charles ungewöhnlich große Geldsummen auf einem verdächtigen Konto.

Er wird neugierig und untersucht das Konto heimlich.

Charles entdeckt, dass das Konto einer kriminellen Organisation gehört.

Versucht von der Versuchung, überlegt er, Geld von dem Konto zu nehmen.

Nach sorgfältiger Planung überweist Charles erfolgreich $10,000 auf ein verborgenes Konto.

Tage vergehen, ohne dass jemand etwas entdeckt.

Mit wachsendem Selbstvertrauen plant Charles einen noch größeren Coup.

Er entscheidet sich, $200 Millionen zu überweisen.

Charles führt die Überweisung sorgfältig in der Nacht durch.

Die Überweisung ist ein Erfolg, und er sieht $200 Millionen auf seinem versteckten Konto.

Er fühlt eine Mischung aus Angst und Aufregung.

Charles löscht alle digitalen Spuren seiner Handlungen.

1. Aufregung: Excitement
2. Aufwickeln: Erase
3. Bankangestellter: Bank employee
4. Entdecken: Discover
5. Erfolg: Success

6. Gelegenheit: Opportunity
7. Geldsumme: Sum of money
8. Handlung: Action
9. Heimlich: Secretly
10. Kriminelle Organisation: Criminal organization
11. Mischung: Mixture
12. Neugierig: Curious
13. Planung: Planning
14. Selbstvertrauen: Confidence
15. Sorgfältig: Carefully
16. Spur: Trace
17. Tausend: Thousand
18. Überweisung: Transfer
19. Ungewöhnlich: Unusual
20. Verborgen: Hidden
21. Versuchung: Temptation
22. Verdächtig: Suspicious
23. Versteckt: Concealed
24. Versucht: Tempted

2. Das Luxusleben

Charles beginnt vorsichtig, das gestohlene Geld zu verwenden.

„Es fühlt sich seltsam an, aber vielleicht kann ich es genießen." denkt er.

Er kauft einen Luxuswagen und eine teure Uhr.

„Vielleicht wird das alles einfacher, wenn ich reich bin." hofft Charles.

Sein neues Leben beginnt, als er in teuren Restaurants zu speisen beginnt.

„Ich kann es mir leisten, das Beste zu essen." sagt er stolz zu sich selbst.

Charles entscheidet sich, die Wahrheit vor seinen Freunden zu verbergen.

„Es ist besser, wenn sie nicht wissen, woher das Geld kommt." denkt er.

Die Bank beginnt, die fehlenden Gelder zu untersuchen, und Charles gerät in Verdacht.

„Ich muss vorsichtig sein und so tun, als wäre alles normal." sagt er zu sich selbst.

Während einer Untersuchung entgeht er knapp der Entdeckung.

„Das war knapp. Ich darf keine Spuren hinterlassen." sagt Charles erleichtert.

Um seinen neuen Reichtum zu feiern, bucht er einen erstklassigen Urlaub.

„Es wird Zeit, dass ich das Leben genieße, solange ich kann." denkt er.

Mit zunehmendem Wohlstand steigt auch seine Paranoia.

„Ich muss sicherstellen, dass niemand mir auf die Schliche kommt." sagt er nervös.

Charles macht die Bekanntschaft anderer wohlhabender Menschen.

„Es ist interessant, wie leicht man in diese Welt eintauchen kann." bemerkt er.

Er jongliert zwischen seinem Job als Bankangestellter und seinem neuen Lebensstil.

„Es ist schwierig, die beiden Welten zu vereinen." gibt Charles zu.

Während er sich an sein neues Leben gewöhnt, trifft er auf eine Frau, die sich für seinen Reichtum interessiert.

„Sie scheint mich wirklich zu mögen. Aber kann ich ihr trauen?" denkt er.

Ihre Beziehung entwickelt sich schnell, aber Charles hat Zweifel und Ängste.

„Was, wenn sie die Wahrheit über mich erfährt?" sorgt er sich.

Plötzlich nimmt die Geschichte eine unerwartete Wendung. Die kriminelle Organisation sucht nach ihrem Geld.

„Oh nein, das wird kompliziert." sagt Charles besorgt.

1. Ängste: Fears
2. Bankangestellter: Bank employee
3. Bekanntschaft: Acquaintance
4. Besorgt: Concerned
5. Buchen: Book
6. Eintauchen: Immerse
7. Entdeckung: Discovery
8. Erleichtert: Relieved
9. Erstklassig: First-class
10. Feiern: Celebrate
11. Gelder: Funds
12. Geld kommt: Money comes
13. Genießen: Enjoy
14. Gerät in Verdacht: Suspected
15. Gestohlene Geld: Stolen money
16. Jonglieren: Juggle
17. Kann ich ihr trauen?: Can I trust her?
18. Kompliziert: Complicated
19. Knapp: Narrow
20. Lebensstil: Lifestyle
21. Luxusleben: Luxury life
22. Luxuswagen: Luxury car
23. Nervös: Nervous
24. Reichtum: Wealth
25. Schätze: Treasures
26. Schauen: Look
27. Schliche kommen: Figure out
28. Schritte: Steps
29. Seltsam: Strange
30. Sicherstellen: Ensure
31. Sich gewöhnen: Get used to
32. Spaß haben: Have fun
33. Speisen: Dine

34. Spur: Trace
35. Stolz: Proud
36. Teuer: Expensive
37. Teure Uhr: Expensive watch
38. Trauen: Trust
39. Trennen: Separate
40. Umgewöhnlich: Unusual
41. Untersuchen: Investigate
42. Urlaub: Vacation
43. Verbergen: Hide
44. Verdacht: Suspicion
45. Verdächtig: Suspicious
46. Vereinen: Unite
47. Verhalten: Behavior
48. Wahrheit: Truth
49. Wohlhabender: Wealthier
50. Wohlstand: Prosperity
51. Zunehmend: Increasingly

3. Auf der Flucht

Charles erhält bedrohliche Nachrichten von Unbekannten.

„Warum verfolgen sie mich? Das wird gefährlich." denkt er besorgt.

Die Gefahr setzt ein - die Kriminellen sind ihm auf den Fersen.

„Ich muss weg von den Cayman Islands, bevor es zu spät ist." plant er.

Ohne ein Wort zu sagen, verlässt Charles die Inseln, um sich zu verstecken.

„Niemand darf wissen, wohin ich gehe." flüstert er sich selbst zu.

Er bewegt sich von Ort zu Ort, immer auf der Hut vor möglichen Verfolgern.

„Die Einsamkeit ist schwer auszuhalten, aber ich muss mich verstecken." gesteht er.

Seine finanziellen Mittel schwinden langsam, und die Verzweiflung setzt ein.

„Ich muss einen Weg finden, wieder an Geld zu kommen." überlegt Charles.

In einem verzweifelten Moment ruft er seine Liebe von einem Wegwerfhandy an.

„Ich kann es nicht länger verbergen. Sie muss die Wahrheit wissen." entscheidet er.

Charles gesteht ihr alles, und ihre Reaktion ist von Schock geprägt.

„Ich kann nicht glauben, dass du das getan hast. Aber ich stehe hinter dir." versichert sie ihm.

Knapp entgeht er einer gefährlichen Begegnung mit den Kriminellen.

„Das war zu nah. Ich kann nicht so weitermachen." sagt Charles ernst.

Ein neuer Plan entsteht in seinem Kopf - das Geld zurückzugeben.

1. Bedrohlich: Threatening
2. Begegnung: Encounter
3. Einsamkeit: Loneliness
4. Entgehen: Escape
5. Entschieden: Decided
6. Entwickeln: Develop
7. Ernst: Serious
8. Flüstern: Whisper
9. Gefahr: Danger
10. Gefährlich: Dangerous
11. Gestehen: Confess
12. Getan: Done
13. Kriminelle: Criminals
14. Lage: Situation

15. Niemand: Nobody
16. Orte: Places
17. Plötzlich: Suddenly
18. Realisierung: Realization
19. Rufen: Call
20. Schwierig: Difficult
21. Sich verstecken: Hide
22. Spur: Trace
23. Unbekannte: Unknown
24. Unverbergen: Uncover
25. Verbergen: Hide
26. Verfolgen: Pursue
27. Verlassen: Leave
28. Verstecken: Hide
29. Verzweiflung: Desperation
30. Wahrheit: Truth
31. Weg: Away
32. Wegwerfhandy: Disposable phone
33. Wiedersehen: Encounter again
34. Wohin: Where
35. Ziehen: Pull
36. Zustand: Condition
37. Zweifel: Doubt
38. Zusammenbruch: Breakdown
39. Zurückgeben: Give back
40. Zurückkommen: Come back

4. Die Rückkehr

Charles kehrte heimlich auf die Cayman Islands zurück. Seine Bewegungen waren leise und vorsichtig, um nicht entdeckt zu werden.

Charles hatte vor, das gestohlene Geld den Kriminellen zurückzugeben. In einer riskanten nächtlichen Aktion schlich er sich in die Bank. Die Überweisung war erfolgreich, und er fühlte sich erleichtert.

„Ich hoffe, das beendet das alles." sagte Charles erleichtert zu sich selbst.

Um sicherzustellen, dass keine Spuren seiner Tat blieben, löschte Charles erneut alle Beweise. Die Last auf seinen Schultern schien nachzulassen.

„Wenn ich das geschafft habe, können sie mir nicht mehr folgen." murmelte er.

Doch die Kriminellen waren weiterhin auf der Jagd nach ihm. Charles tarnte sich und lebte im Verborgenen. Währenddessen traf er sich heimlich mit seiner Liebe.

„Es wird gefährlicher. Aber ich möchte dich sehen." gestand er seiner Liebe bei ihrem Treffen.

Schließlich traf Charles die Entscheidung, sich den Konsequenzen zu stellen. Er gestand seine Tat bei den Behörden und verhandelte um Schutz vor den Kriminellen. Unter Schutz gestellt, wartete er auf seinen Prozess.

In einem bewegenden Abschied teilte er sich seiner Liebe mit, dass er sich den Konsequenzen stellen würde.

„Ich hoffe, du findest jemanden, der besser für dich ist." sagte Charles traurig zu seiner Liebe.

1. Abschied: Farewell
2. Beenden: End
3. Behörden: Authorities
4. Bewegung: Movement
5. Beweise: Evidence
6. Entscheidung: Decision
7. Entdeckt: Discovered
8. Endlich: Finally
9. Erleichtert: Relieved
10. Erneut: Again
11. Erfolgreich: Successful
12. Erleichtert: Relieved
13. Folgen: Follow

14. Gefährlich: Dangerous
15. Gefühlt: Felt
16. Geschafft: Accomplished
17. Gestehen: Confess
18. Heimlich: Secretly
19. Hoffen: Hope
20. Jagd: Hunt
21. Konsequenzen stellen: Face the consequences
22. Kriminelle: Criminals
23. Last: Burden
24. Leise: Quiet
25. Löschen: Delete
26. Murmeln: Mumble
27. Nächtlich: Nightly
28. Prozess: Trial
29. Rückkehr: Return
30. Schleichen: Sneak
31. Schützen: Protect
32. Schultern: Shoulders
33. Sicherstellen: Ensure
34. Spuren: Traces
35. Tarnte: Camouflaged
36. Tat: Deed
37. Treffen: Meeting
38. Ungesagt: Unsaid
39. Verbergen: Hide
40. Verborgenen: Hidden
41. Verhandeln: Negotiate
42. Währenddessen: Meanwhile
43. Wartete: Waited
44. Zeigen: Show

5. Der Prozess

Die rechtlichen Verfahren begannen, und Charles stand vor Gericht wegen seiner Handlungen. Seine Geschichte wurde zur Mediensensation.

„Die Wahrheit wird endlich ans Licht kommen." sagte der Ankläger zuversichtlich.

Während des Prozesses wurde die kriminelle Organisation entlarvt. Charles erzählte von den Verbrechen, die er beobachtet hatte.

„Es war schwer, zu schweigen, aber jetzt wird Gerechtigkeit geschehen." erklärte Charles.

Einige Menschen empfanden Sympathie für Charles und verstanden seine anfänglichen Motive.

„Er hatte seine Gründe. Vielleicht hat er gehandelt, um Gutes zu tun." meinte ein Gerichtsbesucher.

Seine Liebe war während des Prozesses an seiner Seite, um moralische Unterstützung zu bieten.

„Wir schaffen das gemeinsam, Charles." flüsterte sie ihm aufmunternd zu.

Charles musste schwierige Aussagen machen, als er gegen die Kriminellen aussagte.

„Ich musste die Wahrheit sagen, egal wie schwer es war." gestand er später seiner Liebe.

Die Sorge um seine Sicherheit wurde während des Prozesses immer größer.

„Wir müssen sicherstellen, dass er geschützt ist." sagte der Richter besorgt.

Schließlich wurde das Urteil gesprochen. Charles wurde schuldig gesprochen, erhielt jedoch eine reduzierte Strafe.

„Es ist vorbei, aber ich kann meine Taten nicht ungeschehen machen." sagte Charles reumütig.

Mit Erleichterung und Bedauern begann er, Pläne für die Zukunft zu schmieden.

„Ich muss einen Weg finden, mein Leben neu zu beginnen." dachte Charles nach.

Während seiner Zeit im Gefängnis begann er, seine Geschichte aufzuschreiben und darüber nachzudenken, was er aus all dem gelernt hatte.

„Es ist an der Zeit, mich zu verändern und zu wachsen." reflektierte Charles.

Er hielt Kontakt zu seiner Liebe und träumte von einem frischen Start nach seiner Entlassung.

„Vielleicht gibt es für mich eine zweite Chance." hoffte Charles.

Am Ende sorgte eine letzte überraschende Wendung dafür, dass die kriminelle Organisation vollständig zerschlagen wurde.

1. Ankläger: Prosecutor
2. Aussagen: Testify
3. Bedauern: Regret
4. Begannen: Began
5. Begeisterung: Enthusiasm
6. Beobachtet: Observed
7. Besorgt: Concerned
8. Der Prozess: The Trial
9. Die Sorge: Concern
10. Eine zweite Chance: A second chance
11. Einige Menschen: Some people
12. Eine letzte überraschende Wendung: A final surprising twist
13. Eine reduzierte Strafe: A reduced sentence
14. Entlarvt: Unmasked
15. Entlassung: Release
16. Entscheidungen: Decisions
17. Erhielt: Received
18. Erleichterung: Relief

19. Erzählte: Told
20. Gelernt: Learned
21. Gerechtigkeit: Justice
22. Geschützt: Protected
23. Gericht: Court
24. Gerichtsbesucher: Court visitor
25. Geschehen: Happen
26. Handlungen: Actions
27. Hatte seine Gründe: Had his reasons
28. Im Gefängnis: In prison
29. In seiner Liebe: In his love
30. Meinte: Meant
31. Mediensensation: Media sensation
32. Meinung: Opinion
33. Moralische Unterstützung: Moral support
34. Musste: Had to
35. Nachdenken: Reflect
36. Neuanfang: Fresh start
37. Obwohl: Although
38. Prozess: Process
39. Rechtlichen: Legal
40. Reduzierte Strafe: Reduced sentence
41. Reumütig: Contrite
42. Richter: Judge
43. Schuldig gesprochen: Convicted
44. Schmieden: Forge
45. Schuld: Guilt
46. Schwierige: Difficult
47. Sicherheit: Safety
48. Sich verändern: Change
49. Sich verstecken: Hide
50. Sorgen: Worry
51. Später: Later
52. Strafe: Sentence
53. Stärker: Stronger
54. Sympathie: Sympathy
55. Taten: Deeds
56. Testify: Testify

57. Traumte: Dreamed
58. Träumen: Dream
59. Trotzdem: Nevertheless
60. Unbekannte: Unknown
61. Unter Schutz gestellt: Placed under protection
62. Unterstützung: Support
63. Urteil: Verdict
64. Verändert: Changed
65. Verborgen: Hidden
66. Verhandelte: Negotiated
67. Verurteilt: Convicted
68. Verurteilter: Convict
69. Vollständig: Completely
70. Vorsicht: Caution
71. Vor Gericht: Before the court
72. Vorsichtig: Cautious
73. Wahrheit: Truth
74. Warten: Wait
75. Während: During
76. Wegwerfhandy: Disposable phone
77. Wendung: Twist
78. Wohlhabender: Wealthy
79. Zerschlagen: Shattered
80. Zeugen: Witnesses

6. Ein Neuanfang

Nach seiner vorzeitigen Entlassung aus dem Gefängnis aufgrund seines guten Verhaltens erlebt Charles einen frischen Start. Er beginnt sein Leben mit einer neuen Perspektive.

„Endlich draußen. Ich kann es kaum erwarten, von vorne anzufangen." freut sich Charles.

Er trifft sich mit seiner Liebe und gemeinsam starten sie ein neues Leben.

„Es fühlt sich an, als hätten wir eine zweite Chance bekommen." sagt seine Liebe glücklich.

Charles veröffentlicht sein Buch, das zu einem Bestseller wird.

„Die Menschen sollen aus meiner Geschichte lernen." erklärt Charles stolz.

Mit Vorträgen über Verbrechen und Wiedergutmachung beginnt Charles, für einen positiven Wandel zu werben.

„Es ist wichtig, anderen zu helfen, nicht denselben Weg zu gehen wie ich." betont Charles.

Er findet einen neuen Zweck in seiner Arbeit.

„Ich will etwas Sinnvolles tun, das der Gemeinschaft zugute kommt." sagt er motiviert.

Charles bleibt bescheiden und vergisst nicht seine Vergangenheit.

„Ich erinnere mich daran, wie alles begann, und das hält mich auf dem Boden." erklärt er.

Die Beziehungen zu alten Freunden und der Familie werden wieder aufgebaut.

„Es tut gut, alte Bande zu erneuern." meint Charles glücklich.

Durch öffentliche Reden teilt Charles seine Geschichte, um Veränderungen zu inspirieren.

„Wenn ich einen Unterschied machen kann, dann soll es so sein." sagt er bestimmt.

Die Liebe zwischen Charles und seiner Partnerin wächst, und er macht ihr einen Heiratsantrag.

„Ich möchte den Rest meines Lebens mit dir verbringen." sagt er liebevoll.

Sie planen, eine Familie zu gründen und schauen zuversichtlich in die Zukunft.

„Wir haben viel vor, und ich freue mich darauf." sagt Charles voller Hoffnung.

Mit Dankbarkeit für die zweite Chance, die er bekommen hat, blickt Charles positiv und ehrlich in die Zukunft.

„Ich werde das Beste daraus machen." verspricht er sich selbst.

1. Anfang: Beginning
2. Bande: Bonds
3. Beziehung: Relationship
4. Bestseller: Bestseller
5. Buch: Book
6. Freude: Joy
7. Gemeinschaft: Community
8. Geschichte: Story
9. Glück: Happiness
10. Heiratsantrag: Marriage proposal
11. Hoffnung: Hope
12. Leben: Life
13. Liebe: Love
14. Menschen: People
15. Neuanfang: Fresh start
16. Perspektive: Perspective
17. Positiver Wandel: Positive change
18. Reden: Speeches
19. Rest des Lebens: Rest of life
20. Sinnvolles Tun: Meaningful action
21. Starten: Start
22. Stolz: Pride
23. Vorträge: Lectures
24. Weg: Way
25. Zweite Chance: Second chance

Der Goldschatz

1. Die Unerwartete Entdeckung

Penelopes Garten ist ihr ganzer Stolz. Sie liebt es, in ihrem kleinen Hinterhof zu gärtnern.

An einem gewöhnlichen Tag verbringt sie ihre Zeit damit, Blumen und Gemüse zu pflanzen.

Eines sonnigen Tages beschließt sie, ein neues Blumenbeet anzulegen.

Als sie in die Erde gräbt, stößt ihre Schaufel auf etwas Hartes.

Neugierig gräbt Penelope um das Objekt herum.

Zum Vorschein kommt eine alte, verrostete Truhe.

Ihr Herz klopft vor Aufregung.

Sie öffnet die Truhe und darin findet sie antike Goldmünzen und Schmuck.

Sie kann ihren Augen nicht trauen und starrt auf den Schatz.

Sofort ruft sie ihre beste Freundin Sarah an.

„Du hast was in deinem Garten gefunden?" ruft Sarah überrascht aus.

Die beiden beschließen, es vorerst geheim zu halten.

Penelope beginnt, den möglichen Ursprung des Schatzes zu erforschen.

Sie träumt davon, was sie mit dem Geld alles machen könnte.

Aber gleichzeitig macht sie sich Sorgen um die rechtlichen Aspekte ihrer Entdeckung.

1. Alte Truhe: Old chest
2. Antike Goldmünzen: Antique gold coins
3. Aufregung: Excitement
4. Beste Freundin: Best friend
5. Blumen und Gemüse: Flowers and vegetables

6. Erde: Soil
7. Forschen: Research
8. Geld: Money
9. Geheim halten: Keep it a secret
10. Goldschatz: Gold treasure
11. Herz klopft vor Aufregung: Heart beats with excitement
12. Möglicher Ursprung: Possible origin
13. Neues Blumenbeet: New flower bed
14. Penelopes Garten: Penelope's garden
15. Rechtliche Aspekte: Legal aspects
16. Rostete Truhe: Rusted chest
17. Schaufel: Shovel
18. Schmuck: Jewelry
19. Unerwartete Entdeckung: Unexpected discovery

2. Eine Wende der Ereignisse

Penelope ist gespannt und besucht einen Antiquitätenspezialisten, um eine Münze schätzen zu lassen.

Experte: „Oh, das ist erstaunlich! Diese Münze ist viel wert."

Die Geschichte gelangt versehentlich an die Medien.

Reporter: „Entschuldigen Sie, dürfen wir Sie interviewen?"

Penelope fühlt sich überwältigt von der plötzlichen Aufmerksamkeit.

Nachbarin: „Hast du wirklich einen Schatz gefunden?"

Penelope: „Ja, es ist verrückt!"

Sie träumt davon, ein neues Haus zu kaufen.

Freundin Sarah: „Sei vorsichtig, Penelope. Das könnte kompliziert werden."

Penelope macht sich Sorgen wegen möglicher Schatzsucher.

Penelope: „Ich installiere Sicherheitssysteme."

Der Experte gibt Ratschläge zur rechtlichen Situation.

Experte: „Beantragen Sie die rechtliche Anerkennung des Schatzes.“

Penelope kämpft mit dem Stress und wachsenden Ängsten.

Mysteriöser Fremder: „Entschuldigen Sie, ich habe von Ihrem Fund gehört.“

Penelope: „Wer sind Sie?“

Mysteriöser Fremder: „Ein Historiker. Ich kann Ihnen helfen.“

Penelope: „Ich weiß nicht, ob ich Ihnen trauen kann.“

1. Anerkennung: Recognition
2. Antiquitätenspezialist: Antiques specialist
3. Aufmerksamkeit: Attention
4. Ängste: Fears
5. Beantragen: Apply for
6. Besorgt: Concerned
7. Entschuldigen Sie: Excuse me
8. Ereignisse: Events
9. Erstaunlich: Amazing
10. Fremder: Stranger
11. Fund: Discovery
12. Gelangt: Reaches
13. Geschichte: Story
14. Gespannt: Curious
15. Historiker: Historian
16. Installieren: Install
17. Kompliziert: Complicated
18. Münze: Coin
19. Möglicher Schatzsucher: Possible treasure hunter
20. Möchte: Would like
21. Mysteriöser: Mysterious
22. Ratschläge: Advice
23. Rechtliche: Legal
24. Rechtliche Anerkennung: Legal recognition
25. Schätzen: Appraise
26. Schatz: Treasure

27. Schatzsucher: Treasure hunter
28. Sicherheitssysteme: Security systems
29. Sorgen: Worries
30. Spannung: Tension
31. Spezialist: Specialist
32. Trauen: Trust
33. Verrückt: Crazy
34. Versichert: Assured
35. Versehentlich: Accidentally
36. Wachsenden: Growing
37. Wende der Ereignisse: Turn of events

3. Das Rätsel wird größer

Ein neugieriger Fremder fragt die Einheimischen nach Penelopes Schatz.

Fremder: „Entschuldigen Sie, haben Sie von Penelopes Schatz gehört?"

Penelope wird misstrauisch gegenüber dem Fremden.

Penelope: „Warum interessieren Sie sich für meinen Schatz?"

Sie nimmt zusätzliche Schutzmaßnahmen für ihren Fund vor.

Freundin Sarah: „Sei vorsichtig, Penelope. Vielleicht hat er schlechte Absichten."

Die Recherche ergibt, dass der Schatz königlich sein könnte.

Historiker: „Ihr Garten könnte eine historische Bedeutung haben."

Penelope gräbt tiefer und entdeckt mehr über die Geschichte des Schatzes.

Die Regierung zeigt Interesse am Schatz.

Regierungsbeamter: „Wir müssen sicherstellen, dass alles legal ist."

Andere versuchen, Penelopes Anspruch auf den Schatz anzufechten.

Ein Nachbar: „Wir stehen hinter dir, Penelope!"

Sarah macht sich Sorgen um Penelopes Sicherheit.

Sarah: „Ich vertraue diesem Historiker nicht."

Der Fremde offenbart seine wahren Absichten.

Historiker: „Ich möchte Ihnen helfen, die Geschichte zu verstehen."

Penelope ist unsicher, ob sie ihm trauen kann.

Penelope: „Können Sie mir wirklich helfen?"

Entscheidungszeit: Penelope beschließt, mit dem Historiker zusammenzuarbeiten.

Überraschung: Sie entdecken einen weiteren Schatz im Garten.

1. Absichten: Intentions
2. Anfechten: Contest
3. Anspruch: Claim
4. Bedeutung: Significance
5. Einheimischen: Locals
6. Entscheidungszeit: Decision time
7. Entdecken: Discover
8. Entschuldigen Sie: Excuse me
9. Fremder: Stranger
10. Fund: Discovery
11. Geschichte: History
12. Gräbt tiefer: Digs deeper
13. Historiker: Historian
14. Historische Bedeutung: Historical significance
15. Königlich: Royal
16. Können Sie: Can you
17. Misstrauisch: Suspicious
18. Neugieriger: Curious
19. Regierung: Government
20. Recherche: Research
21. Rätsel: Puzzle

22. Schatz: Treasure
23. Schatzsuchen: Treasure hunting
24. Schlechte Absichten: Bad intentions
25. Schutzmaßnahmen: Protective measures
26. Sicherheit: Safety
27. Überraschung: Surprise
28. Unsicher: Uncertain
29. Vertrauen: Trust
30. Vorsichtig: Cautious
31. Wird größer: Gets bigger
32. Wirklich: Really
33. Zusammenarbeiten: Collaborate

4. Der Höhepunkt

Die neue Entdeckung im Garten erregt die ganze Stadt.

Ein Nachbar: „Hast du gehört? Penelope hat noch mehr Schätze gefunden!"

Die Spannungen steigen, als die Regierung Druck auf Penelope ausübt.

Regierungsbeamter: „Wir müssen sicherstellen, dass alles korrekt ist."

Penelope steht vor einem rechtlichen Kampf um den Schatz.

Anwalt: „Das wird vor Gericht entschieden werden."

Der Historiker hilft ihr mit historischen Beweisen.

Historiker: „Wir müssen die Geschichte klar präsentieren."

Der Fall geht vor Gericht.

Richter: „Die Beweise zeigen, dass der Schatz Penelopes Eigentum ist."

Der emotionale Stress belastet Penelope.

Freundin Sarah: „Halte durch, Penelope. Du schaffst das!"

Die Gemeinschaft versammelt sich vor dem Gerichtsgebäude.

Ein Einwohner: „Wir stehen hinter dir, Penelope!"

An Verkündungstag entscheidet das Gericht zugunsten von Penelope.

Richter: „Penelope, der Schatz gehört dir rechtmäßig."

Die Stadt feiert ihren Sieg.

Ein Nachbar: „Lasst uns eine Party für Penelope veranstalten!"

Penelope trifft eine großzügige Entscheidung.

Penelope: „Ein Teil des Schatzes wird dem Museum gespendet."

Sie wird zu einer nationalen Heldin.

Reporter: „Penelope, Sie sind jetzt berühmt im ganzen Land!"

Angebote für Buchverträge und Interviews überfluten sie.

Penelope reflektiert über die Veränderungen in ihrem Leben.

Penelope: „Ich hätte nie gedacht, dass das passieren würde."

Sie schätzt Sarahs unerschütterliche Unterstützung.

Penelope: „Danke, Sarah, für alles."

Die Regierung ehrt sie mit einer Gemeinschaftsauszeichnung.

Regierungsvertreter: „Penelope, du hast unsere Stadt stolz gemacht!"

1. Angebote: Offers
2. Anwalt: Lawyer
3. Belastet: Strained
4. Berühmt: Famous
5. Beweise: Evidence
6. Buchverträge: Book contracts
7. Druck: Pressure
8. Ehrt: Honors
9. Einwohner: Resident
10. Entscheidet: Decides

11. Entdeckung: Discovery
12. Emotionale Stress: Emotional stress
13. Feiert: Celebrates
14. Gemeinschaftsauszeichnung: Community award
15. Gericht: Court
16. Gerichtsgebäude: Courthouse
17. Geschätzte: Appreciates
18. Gesamten Land: Entire country
19. Großzügige Entscheidung: Generous decision
20. Halte durch: Hang in there
21. Historischen Beweisen: Historical evidence
22. Höhepunkt: Climax
23. Interviews: Interviews
24. Kampf: Battle
25. Korrekt: Correct
26. Lasst uns: Let's
27. Mehr Schätze: More treasures
28. Nationalen Heldin: National heroine
29. Neue Entdeckung: New discovery
30. Noch mehr: Even more
31. Penelopes Eigentum: Penelope's property
32. Präsentieren: Present
33. Rechtmäßig: Lawful
34. Rechtlichen Kampf: Legal battle
35. Rechtlich: Legally
36. Regierung: Government
37. Regierungsvertreter: Government representative
38. Richter: Judge
39. Richtlinien: Guidelines
40. Sammelt sich: Gathers
41. Sarahs unerschütterliche Unterstützung: Sarah's unwavering support

5. Zukunftshorizonte

Penelope passt sich an ihr neues Leben voller Ruhm und Reichtum an.

Freundin Sarah: „Wie fühlst du dich in deinem neuen Leben, Penelope?"

Penelope: „Es ist aufregend, aber auch ein wenig überwältigend."

Sie beginnt, ihren Reichtum für wohltätige Zwecke zu nutzen.

Ein Nachbar: „Penelope spendet für gute Zwecke. Das ist großartig!"

Penelope beschließt, ein Buch über ihre Erfahrungen zu schreiben.

Autorin: „Die Geschichte von Penelope wird sicher ein Bestseller!"

Sie knüpft neue Beziehungen.

Neue Freundin: „Es ist toll, dich kennenzulernen, Penelope!"

Sarah bleibt ihre engste Freundin.

Sarah: „Egal, was passiert, ich bin immer für dich da."

Ihre kulturelle Spende wird zum Highlight im Museum.

Museumsdirektor: „Penelope, deine Gabe bereichert unsere Stadt."

Reisepläne werden geschmiedet.

Penelope: „Ich möchte die Welt bereisen und Neues entdecken."

Sie engagiert sich in lokalen Gemeinschaftsprojekten.

Gemeinschaftsmitglied: „Penelope bringt frischen Wind in unsere Stadt!"

Penelope erlebt persönliches Wachstum.

Penelope: „Ich lerne viel über mich selbst in diesem Prozess."

Der Historiker bleibt ihr enger Berater und Freund.

Historiker: „Penelope, wir haben gemeinsam viel erreicht."

Beim Rückblick erinnert sie sich an ihr einfaches Leben.

Penelope: „Manchmal vermisse ich die Ruhe von früher."

Sie findet ein Gleichgewicht zwischen ihrem alten und neuen Leben.

Freundin Sarah: „Denk daran, woher du kommst, Penelope."

Penelope träumt von neuen Abenteuern.

Penelope: „Die Zukunft hält sicherlich noch viele Überraschungen bereit."

Sie schätzt die Veränderungen in ihrem Leben.

Penelope: „Jede Veränderung hat etwas Positives gebracht."

Ein neuer Tag bricht an, und Penelope freut sich auf aufregende Möglichkeiten.

1. Abenteuer: Adventure
2. Berater: Advisor
3. Bereichern: Enrich
4. Beschließt: Decides
5. Bestseller: Bestseller
6. Beziehungen: Relationships
7. Blickt zurück: Looks back
8. Egal, was passiert: No matter what happens
9. Ein neuer Tag: A new day
10. Engagiert sich: Engages
11. Entdecken: Discover
12. Engster Freundin: Closest friend
13. Erfahrungen: Experiences
14. Erinnert sich: Remembers
15. Freut sich auf: Looks forward to
16. Frischen Wind: Fresh air
17. Für dich da: There for you
18. Für wohltätige Zwecke: For charitable purposes
19. Gabe: Gift

20. Gemeinschaft: Community
21. Gemeinschaftsprojekte: Community projects
22. Gesellschaft: Society
23. Gleichgewicht: Balance
24. Größe: Greatness
25. Historiker: Historian
26. Highlight: Highlight
27. Immer für dich da: Always there for you
28. Kennenzulernen: Getting to know
29. Knüpft: Forms
30. Lebenswandel: Lifestyle
31. Neugierig: Curious
32. Ohne zu zögern: Without hesitation
33. Persönliches Wachstum: Personal growth
34. Prozess: Process
35. Reichtum: Wealth
36. Reisepläne: Travel plans
37. Reisen: Travel
38. Ruhe: Peace
39. Ruhe von früher: Peace from earlier
40. Rückblick: Review
41. Schätzt: Appreciates
42. Schreiben: Write

Königliches Glück

1. Die Zufallsbegegnung

Sandra, eine fleißige Frau, führt ein bescheidenes Leben in einer kleinen Wohnung.

Kollegin: „Guten Morgen, Sandra. Wie war deine Nacht?"

Sandra: „Ganz gut, danke. Ich hoffe, heute wird ein guter Tag."

Sie arbeitet in einem örtlichen Café und bedient die Kunden stets mit einem Lächeln.

Stammkunde: „Einen Kaffee, bitte. Du machst immer so gute Laune!"

Sandra träumt oft von einem besseren Leben, ohne finanzielle Sorgen.

Freundin: „Sandra, du verdienst mehr. Vielleicht ändert sich bald etwas."

Prinz Konrad von Ruritanien, bekannt für seinen Reichtum, besucht ihre Stadt.

Kollege: „Hast du gehört? Prinz Konrad ist in der Stadt!"

Sandra bedient ihn zufällig im Café.

Konrad: „Ein Kaffee, bitte. Danke, dass Sie so freundlich sind."

Sie plaudern angenehm, und Konrad ist von ihrer Freundlichkeit begeistert.

Konrad: „Es war schön, mit dir zu plaudern. Vielleicht sehen wir uns wieder."

Sandra träumt von ihrem glücklichen Treffen.

Freundin: „Wer hätte gedacht, dass du einen Prinzen bedienst? Vielleicht ist er interessiert!"

Konrad kehrt überraschend ins Café zurück.

Konrad: „Ich konnte nicht aufhören, an dich zu denken. Möchtest du Zeit mit mir verbringen?"

Die beiden treffen sich regelmäßig und genießen romantische Ausflüge.

Sandra: „Ich kann nicht glauben, dass das wirklich passiert."

Eines Tages macht Konrad einen überraschenden Antrag.

Konrad: „Sandra, willst du meine Prinzessin werden?"

Sandra nimmt überglücklich an, und ihre Verlobung wird öffentlich bekanntgegeben.

Nachrichtensprecher: „Eine moderne Cinderella-Geschichte! Sandra wird Prinzessin!"

1. Angenehm: Pleasant
2. Antrag: Proposal
3. Ändert sich: Changes
4. Begeistert: Delighted
5. Bedienst: Serve
6. Bescheiden: Modest
7. Begeistert: Enthusiastic
8. Cinderella-Geschichte: Cinderella story
9. Einem Lächeln: With a smile
10. Einen Kaffee: A coffee
11. Eines Tages: One day
12. Finanzielle Sorgen: Financial worries
13. Freundlichkeit: Friendliness
14. Ganz gut: Quite good
15. Genießen: Enjoy
16. Gute Laune: Good mood
17. Hätte gedacht: Would have thought
18. Heiratsantrag: Marriage proposal
19. Jemand: Someone
20. Kaffee: Coffee
21. Kann nicht glauben: Cannot believe
22. Kehrt überraschend zurück: Returns unexpectedly
23. Kleinen Wohnung: Small apartment
24. Kollegin: Colleague (female)
25. Kollege: Colleague (male)

26. Lächeln: Smile
27. Macht immer: Always makes
28. Machen so gute Laune: Make such good mood
29. Möchte: Would like
30. Möchtest: Would you like
31. Nachrichtensprecher: News anchor
32. Niedrig: Low
33. Nicht glauben: Not believe
34. Ohne finanzielle Sorgen: Without financial worries
35. Örtlichen Café: Local cafe
36. Öfters: Often
37. Öffentlich bekanntgegeben: Publicly announced

2. Hochzeitsvorbereitungen

Sandra beginnt mit den Vorbereitungen für die königliche Hochzeit.

Sandra: „Ich möchte, dass es wie ein Märchen wird. Alles soll perfekt sein.“

Die Öffentlichkeit ist aufgeregt über die 'Aschenputtel-Geschichte'.

Nachbarin: „Ich kann es kaum erwarten, die Hochzeit zu sehen. Es ist so romantisch!“

Sandra probiert exquisite Brautkleider an.

Verkäuferin: „Welches Kleid gefällt Ihnen am besten, Hoheit?“

Sandra wird zum Medienphänomen.

Reporterin: „Die zukünftige Prinzessin ist ein echter Star! Jeder will die Details wissen.“

Sie lernt königliche Etikette und Traditionen.

Beraterin: „So setzt man sich bei Hofe richtig hin. Das wird wichtig sein.“

Freunde sind unterstützend, aber auch ein wenig neidisch.

Freundin: „Du wirst die schönste Prinzessin sein. Ich wünschte, ich wäre an deiner Stelle."

Die Freundinnen organisieren eine unvergessliche Junggesellinnenparty.

Freundin 1: „Auf die zukünftige Prinzessin! Prost!"

Sandra fühlt eine Mischung aus Aufregung und Nervosität.

Sandra: „Ich kann nicht glauben, dass ich bald eine Prinzessin bin."

Sie trifft Konrads Familie und ist ein wenig eingeschüchtert.

Schwägerin: „Willkommen in unserer Familie, Sandra. Du wirst großartig zu uns passen."

Die königliche Familie heißt sie herzlich willkommen.

Konrad: „Ich bin so glücklich, dass du ein Teil unserer Familie wirst."

Sandra erlebt den Luxus des königlichen Lebens.

Sandra: „Das ist alles so anders, aber ich liebe es."

Ihre Liebe zu Konrad vertieft sich.

Sandra: „Ich kann es kaum erwarten, mein Leben mit ihm zu verbringen."

Sie steht im Rampenlicht der Öffentlichkeit.

Reporter 2: „Die künftige Prinzessin muss sich den Erwartungen der Öffentlichkeit stellen."

Die letzten Vorbereitungen für die Hochzeit werden abgeschlossen.

Hofdame: „Alles ist bereit für den großen Tag, Eure Hoheit."

In der Nacht vor der Hochzeit kann Sandra vor Aufregung kaum schlafen.

Sandra: „Morgen beginnt ein neues Kapitel. Ich bin so gespannt."

1. Aufgeregt: Excited
2. Aufregung: Excitement
3. Aufwarten: To present
4. Aufwarten: To serve
5. Ausprobieren: To try on
6. Beraterin: Advisor (female)
7. Bereit: Ready
8. Besonders: Special
9. Brautkleider: Wedding dresses
10. Eingeschüchtert: Intimidated
11. Eingeschüchtert: Intimidated
12. Einteilen: To situate
13. Erwartungen: Expectations
14. Etikette: Etiquette
15. Freundlich: Friendly
16. Gefällt: Like
17. Gespannt: Curious
18. Großartig: Great
19. Hochzeit: Wedding
20. Hochzeitsvorbereitungen: Wedding preparations
21. Hofdame: Lady-in-waiting
22. Hoheit: Highness
23. Höhepunkt: Highlight
24. Junggesellinnenparty: Bachelorette party
25. Kann kaum erwarten: Can hardly wait
26. Königliche Familie: Royal family
27. Königliche Hochzeit: Royal wedding
28. Königliche Lebens: Royal life
29. Königliche Traditionen: Royal traditions
30. Luxus: Luxury
31. Märchen: Fairy tale
32. Mischung: Mixture
33. Medienphänomen: Media phenomenon
34. Neidisch: Envious
35. Nervosität: Nervousness
36. Öffentlichkeit: Public

3. Die königliche Hochzeit

Die Hochzeit ist ein prunkvolles Ereignis.

Sandra: „Oh, schau, alles sieht so wunderschön aus!"

Sandra sieht atemberaubend in ihrem Brautkleid aus.

Konrad: „Du bist die schönste Braut, die es je gab."

Ihre Gelübde sind herzlich und bewegend.

Sandra: „Ich verspreche, dich zu lieben und zu ehren, solange wir leben."

Berühmte Gäste und Mitglieder anderer Königsfamilien sind anwesend.

Gast: „Es ist, als wären wir in einem Märchen!"

Die Hochzeit wird weltweit übertragen.

Reporterin: „Millionen Menschen auf der ganzen Welt verfolgen diese romantische Hochzeit."

Die Feier ist fröhlich und ausgelassen.

Konrad: „Heute ist der glücklichste Tag meines Lebens."

Sandra und Konrad tanzen ihren ersten Tanz, magisch und liebevoll.

Gastgeber: „Ein Toast auf das glückliche Paar!"

Die Medien loben die Hochzeit als ein Märchen, das wahr geworden ist.

Reporter 2: „Diese Hochzeit wird in die Geschichte eingehen!"

Die Nacht endet mit einem spektakulären Feuerwerk.

Sandra: „Es ist, als würden Sterne nur für uns leuchten."

Sie planen eine Flitterwochenreise an exotische Orte.

Sandra: „Ich kann es kaum erwarten, die Welt mit meinem Ehemann zu erkunden."

Sandra muss sich an ihr neues Leben als Prinzessin gewöhnen.

Sandra: „Es ist anders, aber ich liebe jede Minute davon."

Die Menschen verehren Sandra.

Bürger: „Du bist unsere Prinzessin! Wir lieben dich!"

Ihre Ehe ist erfüllt von Liebe und Glück.

Konrad: „Mit dir an meiner Seite ist jeder Tag ein Segen."

Sandra denkt über ihre unglaubliche Reise nach, von einer Café-Angestellten zu einer Prinzessin.

Sandra: „Wer hätte gedacht, dass mein Leben so märchenhaft sein würde?"

1. Atemberaubend: Breathtaking
2. Ausgelassen: Lively
3. Berühmt: Famous
4. Bewegend: Moving
5. Brautkleid: Wedding dress
6. Café-Angestellten: Cafe employee
7. Ein Toast: A toast
8. Erfüllt: Fulfilled
9. Erkunden: Explore
10. Erste Tanz: First dance
11. Feier: Celebration
12. Feuerwerk: Fireworks
13. Flitterwochenreise: Honeymoon trip
14. Fröhlich: Joyful
15. Gast: Guest
16. Gastgeber: Host
17. Gelübde: Vows
18. Glückliches Paar: Happy couple
19. Herzlich: Heartfelt
20. Hochzeit: Wedding
21. Hochzeitsvorbereitungen: Wedding preparations
22. Königsfamilien: Royal families
23. Leuchten: Shine
24. Mitglieder: Members

25. Millionen Menschen: Millions of people
26. Minuten: Minutes
27. Moderne Cinderella-Geschichte: Modern Cinderella story
28. Prunkvolles Ereignis: Lavish event
29. Prinzessin: Princess
30. Reise: Trip
31. Rückblick: Reflection
32. Schau: Look
33. Schön: Beautiful
34. Segen: Blessing

4. Anpassung an das königliche Leben

Sandra lernt, eine Prinzessin zu sein.

Konrad: „Deine Verantwortlichkeiten sind wichtig, aber du wirst großartig damit umgehen."

Sandra: „Ich will mein Bestes geben."

Sie engagiert sich in Wohltätigkeitsprojekten.

Sandra: „Es ist wichtig, den Bedürftigen zu helfen."

Gemeinsam nehmen sie an öffentlichen Veranstaltungen teil.

Konrad: „Du machst das so gut, Liebes."

Sandra passt sich an ihre königlichen Pflichten an.

Sandra: „Ich lerne so viel über die Geschichte von Ruritanien."

Trotz des luxuriösen Lebensstils bleibt sie bescheiden.

Sandra: „Es ist schön, aber meine Wurzeln vergesse ich nicht."

Die Medien verfolgen jede ihrer Bewegungen.

Reporterin: „Sandra, wie fühlt es sich an, eine Prinzessin zu sein?"

Ihre persönliche Entwicklung beeindruckt alle.

Konrad: „Du wächst in deiner Rolle, Schatz."

Sie macht sich mit der Kultur und den Traditionen Ruritaniens vertraut.

Sandra: „Es ist faszinierend, all das zu entdecken."

Die Bindung mit Konrads Familie wird enger.

Konrads Schwester: „Wir sind glücklich, dich als Teil unserer Familie zu haben."

Sandra unterstützt Konrad in seinen königlichen Pflichten.

Sandra: „Wir sind ein Team, nicht wahr?"

Die Liebe der Öffentlichkeit für sie wächst weiter.

Bürgerin: „Sandra, du machst unser Land stolz!"

Sie lernt, Kritik mit Anmut zu bewältigen.

Sandra: „Nicht jeder wird mich mögen, und das ist okay."

Erfolgreich richtet sie königliche Veranstaltungen im Palast aus.

Konrad: „Du machst das erstaunlich gut, Liebling."

Ihre Beziehung wird stärker.

Sandra: „Mit dir an meiner Seite können wir alles bewältigen."

Gemeinsam meistern sie die Herausforderungen des königlichen Lebens.

1. Anpassung: Adaptation
2. Anmut: Grace
3. Bedürftige: Needy
4. Beziehung: Relationship
5. Bewegungen: Movements
6. Bewältigen: Cope
7. Bezaubernd: Enchanting
8. Bindung: Bond
9. Bürgerin: Citizen (female)
10. Engagiert: Committed
11. Entdecken: Discover
12. Erfolgreich: Successful

13. Erstaunlich: Amazing
14. Faszinierend: Fascinating
15. Fühlt sich an: Feels like
16. Gemeinsam: Together
17. Großartig: Great
18. Herausforderungen: Challenges
19. Hilfreich: Helpful
20. Ihr Bestes geben: Give one's best
21. Königlichen Pflichten: Royal duties
22. Königliche Veranstaltungen: Royal events
23. Königliches Leben: Royal life
24. Kritik: Criticism
25. Liebes: Darling
26. Luxuriösen Lebensstils: Luxurious lifestyle
27. Meistern: Master
28. Mit der Kultur vertraut: Familiar with the culture
29. Mögen: Like
30. Nach jeder: After every
31. Öffentlichen Veranstaltungen: Public events
32. Persönliche Entwicklung: Personal development
33. Pflichten: Duties
34. Rolle: Role
35. Schatz: Sweetheart
36. Stärker: Stronger
37. Stolz: Proud
38. Traditionen: Traditions
39. Trotz: Despite
40. Unabhängig: Independent
41. Unterstützt: Supported
42. Verantwortlichkeiten: Responsibilities

5. Die Zukunft umarmen

Sandra umarmt voller Freude ihre Rolle als Prinzessin.

Konrad: „Du machst das so wunderbar, meine Liebe."

Sandra: „Ich möchte wirklich etwas bewirken."

Ihre Wohltätigkeitsarbeit beeindruckt viele Menschen.

Bürgerin: „Danke, Prinzessin, für Ihre Hilfe."

Sandra wird zu einer inspirierenden Persönlichkeit.

Reporterin: „Sandra, du inspirierst so viele Menschen. Wie fühlt sich das an?"

Sandra: „Es ist eine Ehre, anderen Hoffnung zu geben."

Sie feiern ihre erste Hochzeitstag.

Konrad: „Ein Jahr mit dir, und es fühlt sich an wie ein Märchen."

Sandra hat ein positives und starkes öffentliches Image.

Bürger: „Sandra, du bist die Prinzessin unseres Herzens!"

Sie startet neue Projekte für das soziale Wohl.

Sandra: „Es gibt immer mehr zu tun."

Gemeinsam repräsentieren Sandra und Konrad Ruritanien auf königlichen Touren.

Konrad: „Du machst unser Land stolz, Liebes."

Die Bindung zu Konrads Familie vertieft sich.

Schwägerin: „Du gehörst wirklich zu uns, Sandra."

Ihr Einfluss erstreckt sich mittlerweile über die Grenzen hinaus.

Sandra: „Es ist erstaunlich, wie viel Gutes wir bewirken können."

Sie findet persönliche Erfüllung in ihrem Leben.

Sandra: „Ich habe meinen Platz gefunden."

Die Planung für eine Familie beginnt.

Konrad: „Unsere Kinder werden genauso erstaunlich wie du sein."

Ihre Liebesgeschichte fesselt weiterhin die Öffentlichkeit.

Bürgerin: „Sandra und Konrad, ihr seid das perfekte Paar!"

Sandra jongliert geschickt zwischen ihrem königlichen und persönlichen Leben.

Konrad: „Du machst das großartig, meine Prinzessin."

Als respektierte und liebevolle Prinzessin sieht Sandra einer Zukunft voller Möglichkeiten und Freude entgegen.

1. Beeindrucken: Impress
2. Bewirken: Achieve
3. Bindung: Bond
4. Einfluss: Influence
5. Ehre: Honor
6. Erfüllung: Fulfillment
7. Erstaunlich: Amazing
8. Feiern: Celebrate
9. Fesseln: Captivate
10. Hoffnung: Hope
11. Inspirierend: Inspirational
12. Jahr: Year
13. Jährige: Year-old
14. Jonglieren: Juggle
15. Königlich: Royal
16. Königlichen Touren: Royal tours
17. Liebevolle: Loving
18. Liebesgeschichte: Love story
19. Machst großartig: Doing great
20. Macht stolz: Makes proud
21. Meine Liebe: My love
22. Menschen: People
23. Möglichkeit: Possibility
24. Öffentliche Image: Public image
25. Öffentlichkeit: Public
26. Persönliche: Personal
27. Persönlichkeit: Personality
28. Platz: Place
29. Repräsentieren: Represent
30. Rolle: Role

31. Ruritanien: Ruritania
32. Sozialen Wohl: Social welfare
33. So wunderbar: So wonderful
34. Stark: Strong

Das große Glück

1. Die Suche beginnt

Chuck, ein ganz normaler Mann, ist müde von seinem eintönigen Job.

Freund: „Chuck, warum wirkst du so gestresst in letzter Zeit?"

Chuck: „Ich will etwas Großes im Leben erreichen, etwas, das alles verändert."

Er beginnt online nach Wegen zu suchen, schnell reich zu werden.

Freundin: „Sei vorsichtig, Chuck. Nicht alles im Internet ist seriös."

Zuerst ist er skeptisch gegenüber den gefundenen Möglichkeiten.

Chuck: „Klingt zu gut, um wahr zu sein."

Aber dann entdeckt er eine Kryptowährungs-Investitionsmöglichkeit.

Freund: „Hast du darüber recherchiert? Es klingt riskant."

Trotz Zweifeln ist er versucht von den versprochenen hohen Renditen.

Chuck: „Vielleicht ist das meine Chance, endlich Wohlstand zu erlangen."

Er investiert einen kleinen Betrag als Test.

Freundin: „Sei vorsichtig, Chuck. Man weiß nie, was passieren kann."

Überraschenderweise erzielt er schnell einen kleinen Gewinn.

Chuck: „Das könnte der Durchbruch sein, den ich brauche!"

Er erzählt seinen Freunden von seinem Erfolg.

Freund: „Sei nicht zu übermütig, Chuck. Das könnte riskant sein."

Trotz der Warnungen sucht er nach mehr lukrativen Möglichkeiten.

Freundin: „Man sollte nicht nach schnellen Reichtümern streben."

Er trifft online einen 'Guru', der größere Gewinne verspricht.

Freund: „Pass auf, Chuck. Das könnte ein Betrug sein."

Trotz Zweifeln investiert er mehr Geld, beeinflusst vom Selbstvertrauen des Gurus.

Chuck: „Ich habe ein gutes Gefühl dabei. Das wird mich reich machen."

Gespannt wartet er auf die Ergebnisse und hofft auf noch mehr Erfolg.

1. Ändern: Change
2. Übermütig: Overconfident
3. Beeinflussen: Influence
4. Betrag: Amount
5. Betrug: Fraud
6. Durchbruch: Breakthrough
7. Eintönig: Monotonous
8. Erfolg: Success
9. Erforschen: Research
10. Ergebnisse: Results
11. Gefühl: Feeling
12. Gestresst: Stressed
13. Gewinn: Profit
14. Großzügig: Generous
15. Investieren: Invest
16. Klingen: Sound
17. Kryptowährung: Cryptocurrency
18. Könnte: Could
19. Lukrativ: Lucrative
20. Möglichkeiten: Opportunities
21. Müde: Tired

22. Nächster: Next
23. Passieren: Happen
24. Recherche: Research
25. Reichtümer: Riches
26. Renditen: Returns
27. Rezensionen: Reviews
28. Risikant: Risky
29. Risiken: Risks
30. Suche: Search
31. Sucht: Seeks
32. Überzeugt: Convinced
33. Versprochen: Promised

2. Aufstieg des Glücks

Chuck: „Ich kann nicht glauben, dass mein Geld schwindet. Was mache ich nur?"

Freundin: „Ich habe dir gesagt, dass das riskant ist. Du musst vorsichtig sein."

Chuck ist gestresst und besorgt über seine Entscheidung.

Freund: „Du solltest aufhören, bevor du mehr verlierst."

Aber dann geschieht etwas Unerwartetes: Der Markt ändert sich plötzlich.

Chuck: „Warte mal, meine Investition steigt plötzlich an! Das ist unglaublich!"

Innerhalb einer Woche verdoppelt sich Chucks Investition.

Chuck: „Das ist der Durchbruch! Ich bin auf dem Weg zum Wohlstand."

Er wird selbstbewusster in seinen Entscheidungen.

Freundin: „Sei nicht zu übermütig. Glück kann sich schnell ändern."

Chuck: „Ich weiß, was ich tue. Ich werde in verschiedene Pläne investieren."

Plötzlich gibt er viel Geld für luxuriöse Dinge aus.

Freund: „Hast du nicht darüber nachgedacht, was passieren könnte?"

Chuck ignoriert die Warnungen seiner Freunde.

Chuck: „Ich lebe jetzt ein Leben im Luxus. Das ist der Preis des Erfolgs."

Lokale Medien werden auf Chucks Erfolg aufmerksam.

Reporter: „Herr Chuck, können Sie uns mehr über Ihre finanziellen Strategien erzählen?"

Er gibt Interviews und wird als Finanzgenie bekannt.

Freundin: „Das ist zu viel Risiko, Chuck. Du musst aufpassen."

Aber er nimmt noch größere finanzielle Risiken in Kauf.

Chuck: „Ich kann alles schaffen. Mein Reichtum wird weiter wachsen!"

Blind vor Erfolg steigt Chuck immer höher in die Welt des Wohlstands auf.

1. Ändern: Change
2. Anstieg: Rise
3. Aufpassen: Be cautious
4. Aufstieg: Rise
5. Ängstlich: Anxious
6. Besorgt: Worried
7. Blind: Blind
8. Durchbruch: Breakthrough
9. Finanzgenie: Financial genius
10. Genie: Genius
11. Geschehen: Happen
12. Ignorieren: Ignore
13. Luxus: Luxury
14. Luxuriös: Luxurious
15. Preis: Price
16. Reichtum: Wealth

17. Reichtümer: Riches
18. Reisen: Travel
19. Risiko: Risk
20. Risiken: Risks
21. Schwinden: Diminish
22. Selbstbewusst: Confident
23. Sorgen: Worry
24. Steigen: Rise
25. Strategien: Strategies
26. Unerwartet: Unexpected
27. Verdoppeln: Double
28. Verlieren: Lose
29. Verlierst: Lose
30. Verschiedene: Different
31. Vorsichtig: Cautious
32. Vorstellen: Imagine
33. Wachsen: Grow

3. Das luxuriöse Leben

Chuck lebt jetzt in Saus und Braus und genießt sein neues, luxuriöses Leben.

Freund: „Wow, du hast jetzt eine Yacht und ein Sportauto? Das ist beeindruckend.“

Chuck: „Ja, ich liebe mein neues Leben. Geld macht alles möglich!“

Er beginnt teure Hobbys wie Segeln und Sportwagenfahren.

Neue Freunde tauchen auf, die genauso wohlhabend sind wie er.

Chuck: „Ich treffe jetzt andere Reiche. Es ist großartig, mit ihnen zu kommunizieren.“

Durch seine neuen Kontakte eröffnen sich ihm risikoreiche, aber hoch belohnende Möglichkeiten.

Freundin: „Bist du sicher, dass das klug ist? Das klingt gefährlich.“

Chuck wirft extravagante Partys, um seine neuen Freunde zu beeindrucken.

Familie: „Wir machen uns Sorgen. Dein Leben ändert sich so schnell."

Chuck ignoriert die Bedenken seiner Familie.

Chuck: „Ich kann diesen Lebensstil aufrechterhalten. Kein Problem!"

Aber er spürt den Druck, seinen Reichtum zu bewahren.

Freund: „Du investierst in noch riskantere Pläne? Pass auf!"

Die Schulden häufen sich, da er weiterhin verschwenderisch lebt.

Alte Freunde distanzieren sich, als sie die Veränderungen in Chuck bemerken.

Chuck: „Ich bin der Beste in finanziellen Angelegenheiten. Mir kann nichts passieren."

Aber langsam zeigen einige Investitionen Anzeichen des Scheiterns.

Freundin: „Siehst du nicht die Warnzeichen? Du musst aufpassen!"

Chuck leugnet alle Probleme und vertraut darauf, dass sein Glück anhält.

Unbemerkt nähert sich Chuck einer finanziellen Krise – ein Sturm, der sich zusammenbraut, ohne dass er es ahnt.

1. Ändert: Changes
2. Angezeigt: Indicates
3. Beeindruckend: Impressive
4. Beeindrucken: Impress
5. Beeindruckend: Impressive
6. Belohnend: Rewarding
7. Bewahren: Preserve
8. Bewerten: Value

9. Bewusst: Conscious
10. Distanzieren: Distance
11. Druck: Pressure
12. Finanziell: Financial
13. Gefährlich: Dangerous
14. Genießt: Enjoys
15. Großartig: Great
16. Hobbys: Hobbies
17. Ignoriert: Ignore
18. Investieren: Invest
19. Investitionen: Investments
20. Jemandem: Someone
21. Klug: Wise
22. Kommunizieren: Communicate
23. Krise: Crisis
24. Kredit: Debt
25. Lebensstil: Lifestyle
26. Luxuriös: Luxurious
27. Luxus: Luxury
28. Möglich: Possible
29. Möglichkeiten: Opportunities
30. Nähert: Approaches
31. Passieren: Happen
32. Passen: Fit
33. Risikoreich: Risky
34. Scheitern: Fail
35. Schulden: Debts

4. Der Untergang

Der Kryptowährungsmarkt stürzt plötzlich ab. Die Kurse fallen dramatisch.

Freund: „Oh nein, das sieht nicht gut aus. Was ist mit deinen Investitionen passiert?"

Chuck: „Ich habe massive Verluste erlitten. Mein Vermögen schwindet schnell."

Die Realität setzt ein, und Chuck wechselt von der Verleugnung zur Verzweiflung.

Freundin: „Du musst etwas unternehmen. Das wird nicht von alleine besser."

Er erkennt, dass er tief in Schulden steckt und nicht mehr weiterweiß.

Chuck: „Ich muss meine Luxusgegenstände verkaufen, um meine Schulden zu begleichen."

Seine teuren Besitztümer, die einst seinen Reichtum symbolisierten, müssen nun verkauft werden.

Chucks neue reiche Freunde sind verschwunden, als er ihre Unterstützung am dringendsten braucht.

Freundin: „Es tut mir leid, dass du durch diese schwierige Zeit gehst."

Chuck steht vor der harten Realität seiner Situation.

Familie: „Wir sind hier für dich. Egal, was passiert ist, wir unterstützen dich."

Während er sein Leben neu aufbaut, beginnt Chuck über seine Entscheidungen nachzudenken und ihre Konsequenzen zu verstehen.

Chuck: „Ich hätte auf die Warnungen hören sollen. Ich habe viel verloren."

Um seine Schulden zu begleichen, muss er sein Zuhause verkaufen.

Chuck sucht nach einem Job, um einen Neuanfang zu machen.

Er hat harte Lektionen über schnellen Reichtum gelernt und plant jetzt vorsichtiger für die Zukunft.

Freund: „Es wird besser werden. Du kannst von vorne anfangen und klügere Entscheidungen treffen."

Chuck beginnt den schwierigen Prozess, sein Leben wieder aufzubauen, und wählt einen einfacheren, bescheideneren Lebensstil.

1. Bescheideneren: More modest
2. Besitztümer: Possessions
3. Besser: Better
4. Bewusst: Aware
5. Dringendsten: Most urgent
6. Dramatisch: Dramatic
7. Egal: Regardless
8. Einfacheren: Simpler
9. Einmal: Once
10. Einzige: Only
11. Fall: Case
12. Geringere: Lesser
13. Hätte: Would have
14. Klares: Clear
15. Klügere: Wiser
16. Konsequenzen: Consequences
17. Kryptowährungsmarkt: Cryptocurrency market
18. Kurse: Courses
19. Lebensstil: Lifestyle
20. Luxusgegenstände: Luxury items
21. Muss: Must
22. Passiert: Happens
23. Prozess: Process
24. Realität: Reality

5. Ein neues Leben

Chuck findet einen neuen Job und beginnt wieder zu arbeiten.

Freundin: „Wie geht es dir jetzt, Chuck? Es muss hart gewesen sein.“

Chuck: „Ja, es war wirklich schwer. Aber ich versuche, mein Leben wieder aufzubauen.“

Er lebt jetzt in einer bescheidenen Wohnung und passt sich seinem neuen Leben an.

Freund: „Es ist wichtig, dass du einen Neuanfang machst."

Chuck knüpft wieder Kontakte zu alten Freunden, die ihm zuvor Warnungen ausgesprochen hatten.

Freund: „Es tut mir leid für alles, Chuck. Ich hoffe, du weißt, dass wir für dich da sind."

Chuck entschuldigt sich bei Freunden und Familie für seine vergangene Arroganz.

Er hat viel über den verantwortungsbewussten Umgang mit Finanzen gelernt.

Freundin: „Wie machst du das jetzt mit dem Geld?"

Chuck: „Ich spare kleine Beträge. Jeder Cent zählt."

Er teilt seine Erfahrungen, um andere vor den Gefahren schnellen Reichtums zu warnen.

Chuck engagiert sich in Gemeindeprojekten.

Freund: „Es ist schön zu sehen, wie du dich für die Gemeinschaft einsetzt."

Chuck erkennt, dass wahre Werte in Beziehungen und Zufriedenheit liegen.

Er macht langsam Fortschritte beim Wiederaufbau seiner finanziellen Stabilität.

Chuck konzentriert sich auf seine Gesundheit und sein Wohlbefinden.

Freundin: „Du strahlst jetzt innere Ruhe aus."

Er realisiert, dass das wirkliche Glück nicht im materiellen Wohlstand liegt.

Chuck hofft, eines Tages ein kleines Haus zu kaufen.

Freund: „Du hast so viel gelernt. Bist du dankbar für diese Erfahrung?"

Chuck: „Ja, ich bin dankbar. Es hat mich gelehrt, was im Leben wirklich wichtig ist."

1. Arroganz: Arrogance
2. Aufzubauen: To rebuild
3. Ausgesprochen: Pronounced
4. Beträge: Amounts
5. Beziehungen: Relationships
6. Dankbar: Grateful
7. Ein neues Leben: A new life
8. Engagiert: Engaged
9. Entschuldigt: Apologizes
10. Erfahrung: Experience
11. Erfolge: Progress
12. Finanzen: Finances
13. Fortschritte: Progress
14. Gemeindeprojekte: Community projects
15. Gesundheit: Health
16. Gewesen: Been
17. Hofft: Hopes
18. Lebensstil: Lifestyle
19. Lebenswichtig: Vital
20. Materiellen: Material
21. Muss: Must
22. Neuanfang: Fresh start
23. Realisiert: Realizes
24. Rebuild: Rebuild
25. Ruhe: Calm
26. Saver: Save
27. Schwer: Hard
28. Schnellen: Fast
29. Sicher, dass: Sure that

Eine Verwechslung

1. Eine ungewöhnliche Ähnlichkeit

Leandra arbeitet als Putzfrau in einer großen Finanzfirma.

Freundin: „Wie war dein Tag, Leandra?"

Leandra: „Oh, wie immer. Es ist okay."

Sie führt ein bescheidenes Leben in einer kleinen Wohnung.

Freundin: „Hast du dieses Foto gesehen? Die reiche Investorin Emily sieht aus wie deine Zwillingsschwester!"

Leandra sieht das Foto und die Ähnlichkeit überrascht sie.

Kollegen machen Witze und nennen sie scherzhaft Emily.

Leandra träumt von einem aufregenderen Leben.

Zufällige Begegnung: Leandra und Emily stoßen im Unternehmen aufeinander.

Beide sind erstaunt über ihre Ähnlichkeit.

Sie kommen ins Gespräch und stellen fest, dass sie ähnliche Interessen haben.

Leandra schlägt scherzhaft vor, die Plätze zu tauschen.

Emily, abenteuerlustig, stimmt zu, für einen Tag zu tauschen.

1. Ähnlichkeit: Similarity
2. Begegnung: Encounter
3. Bescheiden: Modest
4. Bezeichnen: Call
5. Beziehung: Relationship
6. Bild: Photo
7. Erstaunt: Amazed
8. Finanzfirma: Financial company
9. Gespräch: Conversation
10. Investorin: Investor
11. Kollegen: Colleagues
12. Plätze: Places

13. Putzfrau: Cleaning lady
14. Scherzhaft: Jokingly
15. Stoßen: Bump
16. Tauschen: Exchange
17. Traum: Dream
18. Ungewöhnlich: Unusual
19. Unternehmen: Company
20. Verwechslung: Confusion
21. Wie immer: As always
22. Wie war dein Tag: How was your day
23. Witze: Jokes
24. Wohnungen: Apartments, flats
25. Zufällige: Random
26. Zwillingsschwester: Twin sister

2. Der Tausch

Die beiden Frauen, Leandra und Emily, planen ihren Tausch im Detail.

Leandra: „Wir müssen alles genau durchdenken, Emily.“

Emily: „Ja, ich stimme zu. Wie wird das funktionieren?“

Leandra erklärt: „Wir sollten uns über unsere Leben und Routinen austauschen.“

Emily: „Gute Idee. Ich möchte mehr über dein einfaches Leben erfahren, Leandra.“

Sie tauschen Informationen aus und lernen voneinander.

Leandra: „Wir sollten auch unsere Kleider tauschen, um den Look zu vervollständigen.“

Emily: „Das klingt lustig. Ich bin gespannt, wie es ist, einen Tag lang als reiche Investorin zu leben.“

Leandra: „Und ich bin neugierig darauf, dein einfaches Leben zu erleben, Emily.“

Schließlich tauschen sie ihre Kleider und vollenden den Tausch.

Leandra ist aufgeregt: „Ich kann es kaum erwarten, einen Tag lang als reiche Investorin zu leben!"

Emily ist neugierig: „Ich frage mich, wie es ist, deinen einfachen Lebensstil zu führen."

Der Tausch ist abgeschlossen, und sie haben erfolgreich die Plätze getauscht.

Beide stehen vor den ersten Herausforderungen, sich anzupassen.

Leandra nimmt an einem wichtigen Finanzmeeting teil.

Emily erfährt die Mühen des Putzens bei Leandras Arbeit.

Trotz der Herausforderungen genießen beide ihre neuen Rollen.

1. Abgeschlossen: Completed
2. Anpassen: Adapt
3. Austauschen: Exchange
4. Aufgeregt: Excited
5. Erfahren: Experience
6. Finanzmeeting: Financial meeting
7. Funktionieren: Function
8. Gemeinsam: Together
9. Genaue: Exact
10. Herausforderungen: Challenges
11. Idee: Idea
12. Informationen: Information
13. Kleider: Clothes
14. Lustig: Funny
15. Mühen: Efforts
16. Neugierig: Curious
17. Plätze: Places
18. Schließlich: Finally
19. Tausch: Exchange
20. Teilnehmen: Participate
21. Tauschen: Swap
22. Umgebung: Environment

23. Vervollständigen: Complete
24. Vollenden: Accomplish
25. Wechseln: Change
26. Wie wird das funktionieren: How will that work
27. Wir müssen: We must
28. Zusammen: Together

3. Leandras Ausflug

Leandra genießt luxuriöse Momente in Emilys Leben.

Leandra: „Wow, das ist wirklich luxuriös hier. So habe ich noch nie gelebt!"

Emily: „Es freut mich, dass du es magst. Jetzt musst du Entscheidungen in Meetings treffen."

Leandra: „Oh, das wird interessant. Ich werde mein Bestes tun."

Emily: „Sei einfach du selbst. Du wirst das gut machen."

Leandra gewinnt allmählich Selbstvertrauen und beginnt, die Rolle einer Investorin zu genießen.

Leandra: „Ich mag es, Entscheidungen zu treffen. Es macht Spaß!"

Emily: „Nach dem Meeting sollten wir ein Mittagessen mit meinen Geschäftspartnern haben."

Leandra: „Ein festliches Mittagessen? Das klingt aufregend!"

Sie genießen ein opulentes Mittagessen mit Geschäftsleuten.

Leandra: „Es ist so anders als mein einfaches Essen. Aber es schmeckt lecker!"

Leandra schließt Freundschaften mit Emilys Kollegen und beeindruckt sie mit ihrer bodenständigen Art.

Emily: „Du machst das wirklich gut, Leandra. Alle mögen dich."

Leandra: „Es ist so lustig, wie mich alle für Emily halten. Ich werde ständig verwechselt!"

Sie macht kleine Fehler, aber sie lacht darüber.

Leandra: „Ich habe wohl ein Talent für Geschäftsgespräche, auch wenn es nur so aussieht!"

Emily: „Du bist wirklich erstaunlich. Wie fühlst du dich in meiner Welt?"

Leandra: „Ehrlich gesagt, wünschte ich, dass ich dieses Leben öfter führen könnte. Es ist aufregend!"

1. Allmählich: Gradually
2. Aufregend: Exciting
3. Beeindrucken: Impress
4. Bodenständig: Down-to-earth
5. Entscheidungen: Decisions
6. Erstaunlich: Amazing
7. Essen: Food
8. Festlich: Festive
9. Fehler: Mistake
10. Freundschaften: Friendships
11. Führen: Lead
12. Freut mich: Pleased to meet you
13. Genießen: Enjoy
14. Geschäftspartnern: Business partners
15. Geschäftsgespräche: Business conversations
16. Interessant: Interesting
17. Kollegen: Colleagues
18. Lecker: Delicious
19. Luxuriös: Luxurious
20. Magst: Like
21. Mahlzeit: Meal
22. Mein Bestes tun: Do my best
23. Mich für: Mistake me for
24. Mittagessen: Lunch
25. Möchte: Would like
26. Muss: Must
27. Opulent: Opulent
28. Rolle: Role

29. Schmeckt: Tastes

30. Selbstvertrauen: Self-confidence

31. Spaß: Fun

32. Ständig: Constantly

33. Stattfinden: Take place

34. Stattfindet: Takes place

35. Treffen: Meeting

36. Unsicherheit: Uncertainty

37. Unterschiedlich: Different

38. Verwechselt: Confused

39. Vorstellen: Introduce

40. Wohl: Well

41. Wünschte: Wished

4. Emilys Reinigungsprobleme

Emily hat Schwierigkeiten mit den körperlichen Anforderungen der Reinigung.

Emily: „Puh, diese Arbeit ist wirklich anstrengend. Ich bin nicht daran gewöhnt."

Sie macht versehentlich Fehler, indem sie Reinigungsprodukte durcheinander bringt.

Emily: „Oh nein, das war das falsche Produkt. Leandra, wie machst du das jeden Tag?"

Die Kollegen von Emily sind verwirrt über das seltsame Verhalten von 'Leandra'.

Kollege 1: „Warum verhält sich Leandra heute so komisch?"

Kollege 2: „Vielleicht hat sie einen schlechten Tag?"

Sie schätzt Leandras harte Arbeit und gewinnt Respekt für ihre Arbeit.

Emily: „Leandra macht wirklich harte Arbeit. Ich habe das unterschätzt."

Emily entdeckt Freude in der Einfachheit von Leandras Arbeit.

Emily: „Es ist schön, wie einfach und befriedigend diese Aufgaben sein können."

Während der Mittagspause hat sie Spaß mit ihren Kollegen.

Emily: „Ich genieße diese bescheidene Mittagspause mit euch. Das ist anders, aber schön."

Sie bildet Bindungen mit Leandras Kollegen.

Kollegin 1: „Leandra, du bist heute so anders. Aber es ist nett."

Kollegin 2: „Ja, es macht Spaß, dich hier zu haben."

Obwohl sie neue Freunde findet, vermisst sie den Luxus ihres eigenen Lebens.

Emily: „Ich vermisse den Komfort meines Lebens. Leandra, du machst das wirklich gut."

Die Erfahrung öffnet Emilys Augen für die Herausforderungen von Niedriglohnarbeitern.

Emily: „Ich habe nie wirklich darüber nachgedacht. Das ist wirklich schwer."

Ihr Respekt für Leandra wächst.

Emily: „Leandra, ich habe jetzt einen neuen Respekt für deine Arbeit. Das ist nicht einfach."

1. Anstrengend: Exhausting
2. Befriedigend: Satisfying
3. Bindungen: Bonds
4. Einfach: Simple
5. Erfahrung: Experience
6. Fehler: Mistake
7. Freut mich: Pleased to meet you
8. Harte Arbeit: Hard work
9. Herausforderungen: Challenges
10. Komisch: Weird
11. Mittagspause: Lunch break
12. Niedriglohnarbeiter: Low-wage workers

13. Pauschalreise: Package tour
14. Puh: Phew
15. Reinigen: Clean
16. Reinigungsprodukte: Cleaning products
17. Reisebüro: Travel agency
18. Schätzt: Appreciates
19. Schwierigkeiten: Difficulties
20. Seltsam: Strange
21. Stattfindet: Takes place
22. Unterschätzt: Underestimated
23. Verhalten: Behavior
24. Vermisst: Misses
25. Verschiedene: Different
26. Verspätung: Delay
27. Wahrnehmung: Perception
28. Wirklich: Really

5. Geschäfte und Besenstiele

Leandra macht einen mutigen Investitionsschritt bei der Arbeit.

Leandra: „Ich denke, diese Entscheidung könnte gut sein. Ich werde es ausprobieren."

Überraschender Erfolg: Die Entscheidung erweist sich als erfolgreich.

Kollege 1: „Leandra, das war eine brillante Idee! Gut gemacht!"

Kollege 2: „Wir hätten nicht erwartet, dass du so risikofreudig bist. Aber es hat sich gelohnt."

Lob: Leandra erhält Lob von Emilys Kollegen.

Leandra: „Oh, danke! Ich habe einfach mein Bestes gegeben."

Emilys Kollegen sind verwirrt über ihre plötzliche Veränderung.

Kollegin 1: „Ist das wirklich noch Leandra? Sie macht jetzt so große Geschäfte."

Kollegin 2: „Ich dachte, sie wäre nur die Reinigungskraft."

Emily hat die Reinigung gemeistert und beeindruckt ihre Kollegen.

Emily: „Ich habe den Dreh raus! Schaut mal, wie sauber alles ist."

Bescheidener Stolz: Sie ist stolz darauf, die Reinigungsfertigkeiten gemeistert zu haben.

Emily: „Das fühlt sich gut an. Leandra, du machst das jeden Tag?"

Beide reflektieren über ihre Erfahrungen an diesem Tag.

Leandra: „Es war aufregend, aber ich vermisse mein normales Leben."

Emily: „Ich auch. Lass uns zurückwechseln."

Beide rufen sich abends an und sind sich einig, wieder zurückzutauschen.

Leandra: „Ich kann es kaum erwarten, wieder mein altes Leben zu leben."

Emily: „Ja, ich vermisse meine einfache Routine. Morgen sehen wir uns wieder."

Sie planen, sich am nächsten Tag zu treffen und wieder zurückzutauschen.

1. Abruf: Call
2. Abends: In the evening
3. Beeindruckt: Impressed
4. Bescheiden: Modest
5. Besenstiel: Broomstick
6. Einfach: Simple
7. Entscheidung: Decision
8. Erfahrung: Experience
9. Erfolgreich: Successful
10. Erwartet: Expected
11. Fehler: Mistake
12. Fühlt sich: Feels

13. Gemeistert: Mastered
14. Geschäfte: Business
15. Gelohnt: Paid off
16. Gemeinsam: Together
17. Gut gemacht: Well done
18. Idee: Idea
19. Könnte: Could
20. Lob: Praise
21. Mutig: Brave
22. Nachgedacht: Thought
23. Probiert: Tried
24. Reinigen: Clean
25. Reinigungskraft: Cleaning lady
26. Reinigungsfertigkeiten: Cleaning skills
27. Rücken: Back
28. Rücktausch: Switch back
29. Rückwechseln: Switch back
30. Sauber: Clean
31. Sauberkeit: Cleanliness
32. Sauber: Clean
33. Schaut: Look
34. Schritt: Step
35. Sich treffen: Meet
36. Sich einig: Agree
37. Stolz: Proud
38. Tauschen: Exchange
39. Tausch: Swap
40. Trifft: Meets
41. Über: About
42. Überraschender: Surprising
43. Unsicherheit: Uncertainty
44. Unsicher: Uncertain
45. Veränderung: Change
46. Veränderungen: Changes
47. Verwechseln: Confuse
48. Verwechslung: Confusion
49. Vermisse: Miss
50. Versprechen: Promise

51. Versprochen: Promised
52. Verwirrt: Confused
53. Während: During
54. Wechseln: Change
55. Wechseln: Exchange
56. Wegwechseln: Switch away
57. Wieder zurück: Back again
58. Wirklich: Really
59. Zusammen: Together
60. Zurück: Back
61. Zurücktäuschen: Switch back
62. Zurückwechseln: Switch back
63. Zwillingsschwester: Twin sister

6. Zurück zur Realität

Leandra und Emily treffen sich, um zurückzutauschen.

Leandra: „Es wird komisch sein, wieder in meine alten Kleider zu schlüpfen."

Emily: „Ja, ich vermisse meine bequemen Arbeitskleider auch nicht."

Sie teilen ihre Erfahrungen und lachen über Missgeschicke.

Leandra: „Erinnerst du dich an die Zeit, als ich fast in diesem teuren Restaurant gestolpert wäre?"

Emily: „Oh ja, das war lustig! Aber ich habe fast den Reinigungswagen umgeworfen."

Sie kehren zu ihren normalen Leben zurück.

Leandra: „Ich vermisse die Aufregung von gestern, aber es ist gut, wieder normal zu sein."

Emily: „Ich bin so dankbar, wieder in meinem gemütlichen Leben zu sein."

Beide haben jetzt eine neue Wertschätzung füreinander.

Leandra: „Ich habe gelernt, dass jedes Leben seine eigene Schönheit hat."

Emily: „Stimmt, es geht nicht immer um Luxus. Das Einfache hat auch seinen Reiz."

Sie beschließen, in Kontakt zu bleiben und Freunde zu bleiben.

Leandra: „Vielleicht sollten wir das öfter machen, einfach für den Spaß."

Emily: „Ja, das klingt nach einer großartigen Idee. Wir könnten mehr voneinander lernen."

Die Kollegen sind immer noch verwirrt über das merkwürdige Verhalten vom Vortag.

Kollege 1: „Hast du herausgefunden, was gestern los war?"

Kollege 2: „Nein, aber es war wirklich seltsam. Ich frage mich, was passiert ist."

Leandra fühlt sich inspiriert, ihr Leben zu ändern.

Leandra: „Ich denke, ich werde ein paar Dinge anders machen. Vielleicht etwas Abenteuerlicheres versuchen."

Emily hat auch ihre Lektionen gelernt.

Emily: „Ich habe gelernt, dass das einfache Leben ziemlich gut ist. Wir sollten dankbar sein."

Beide freuen sich auf die Zukunft und die Veränderungen, die kommen mögen.

1. Abenteuerlich: Adventurous
2. Bequemen: Comfortable
3. Beide: Both
4. Beschließen: Decide
5. Dankbar: Grateful
6. Einfache: Simple
7. Einschließlich: Including
8. Erinnerst: Remember
9. Erleben: Experience
10. Erfahrung: Experience
11. Freuen: Look forward to

12. Füreinander: For each other
13. Gemütlichen: Cozy
14. Gestolpert: Stumbled
15. Großartigen: Great
16. Inklusive: Including
17. Inspiriert: Inspired
18. Kehren: Return
19. Komisch: Strange
20. Lektionen: Lessons
21. Missgeschicke: Mishaps
22. Mögen: Like
23. Möglich: Possible
24. Möwe: Seagull
25. Öfter: More often
26. Passiert: Happened
27. Reiz: Charm
28. Rücktauschen: Switch back
29. Schönheit: Beauty
30. Seltsam: Strange
31. Stimmt: True
32. Stolz: Proud
33. Teilen: Share
34. Teuren: Expensive
35. Tauschen: Exchange
36. Tragen: Wear
37. Ungeklärt: Unclear
38. Ungefähr: Approximately
39. Umgang: Dealing
40. Umwerfen: Knock over
41. Unsicher: Uncertain
42. Veränderungen: Changes
43. Verändert: Changed
44. Verhalten: Behavior
45. Vermissen: Miss
46. Vermutung: Guess
47. Verwirrt: Confused
48. Verwirrung: Confusion
49. Vielleicht: Maybe

50. Voneinander: From each other
51. Vorher: Before
52. Vortag: Previous day
53. Während: While
54. Wechseln: Switch
55. Weise: Wise
56. Wertschätzung: Appreciation
57. Zurück: Back
58. Zurücktauschen: Switch back
59. Zurückwechseln: Switch back

7. Neue Anfänge

Leandra ist motiviert von ihrer Erfahrung und beginnt, Geschäftskurse zu besuchen.

Leandra: „Ich denke, ich möchte etwas Eigenes starten, vielleicht ein eigenes Geschäft.“

Emily: „Das ist eine großartige Idee! Ich würde dich gerne unterstützen.“

Emily beschließt, ihr eigenes Leben zu ändern.

Emily: „Ich werde mehr Freiwilligenarbeit machen, um unterschiedliche Lebensperspektiven zu verstehen.“

Die beiden treffen sich regelmäßig und werden gute Freunde.

Leandra: „Es ist so schön, jemanden zu haben, mit dem man über alles sprechen kann.“

Emily: „Ja, und es ist großartig zu sehen, wie du in deinen Kursen Fortschritte machst.“

Leandra zeigt Fortschritte in ihren Geschäftsstudien.

Leandra: „Es macht wirklich Spaß, etwas Neues zu lernen.“

Emily wird bescheidener und zugänglicher.

Emily: „Ich denke, ich habe gelernt, dass das Leben einfacher sein kann, wenn man es schätzt.“

Sie unterstützen sich gegenseitig in ihren Bestrebungen.

Leandra: „Danke, dass du immer für mich da bist."

Emily: „Natürlich, das machen Freunde. Und du kannst auf meine Unterstützung zählen."

Leandra träumt davon, ihr eigenes Geschäft zu gründen.

Leandra: „Ich frage mich, was ich tun könnte. Vielleicht eine Reinigungsfirma?"

Emily bietet an, Leandra im Geschäft zu unterstützen.

Emily: „Wenn du Hilfe brauchst oder Fragen hast, stehe ich dir zur Verfügung."

Sie lachen oft über ihre Erlebnisse beim Rollentausch.

Leandra: „Erinnerst du dich an die Zeit, als ich fast dein Mittagessen verschüttet habe?"

Emily: „Ja, das war lustig! Aber du hast es mit Humor genommen."

Beide wachsen als Individuen aus ihren einzigartigen Erfahrungen heraus.

1. Bescheiden: Humble
2. Bestrebungen: Endeavors
3. Bilden: Form
4. Eigenes: Own
5. Einfacher: Simpler
6. Einzigartigen: Unique
7. Empfinden: Feel
8. Endruck: Impression
9. Erlebnisse: Experiences
10. Erreichungen: Achievements
11. Fortschritte: Progress
12. Freiwilligenarbeit: Volunteering
13. Freundschaften: Friendships
14. Geschäft: Business
15. Geschäftsstudien: Business studies
16. Individuen: Individuals

17. Können: Can
18. Lustig: Funny
19. Meinen: Mean
20. Motiviert: Motivated
21. Regelmäßig: Regularly
22. Reinigungsfirma: Cleaning company
23. Rollentausch: Role swap
24. Schätzt: Appreciate
25. Selben: Same
26. Sich: Oneself
27. Spaß: Fun
28. Ständig: Constantly
29. Stärker: Stronger
30. Starten: Start
31. Studien: Studies
32. Süchtig: Addicted
33. Tatsächlich: Actually
34. Teilen: Share
35. Träume: Dreams
36. Treffen: Meet
37. Unterstützung: the Support
38. Unterstützen: to support
39. Unterschiedliche: Different
40. Versorgt: Provided
41. Verstehen: Understand
42. Vorteil: Advantage
43. Wachsen: Grow
44. Während: While
45. Weise: Way
46. Werden: Become
47. Wissen: Know

8. Leandras Aufstieg

Leandra hat eine Geschäftsidee.

Leandra: „Ich habe eine Idee! Ich denke darüber nach, meine eigene Reinigungsfirma zu gründen."

Emily: „Das klingt fantastisch! Wie kann ich dir helfen?"

Leandra arbeitet hart, um ihren Geschäftsplan zu entwickeln.

Leandra: „Ich brauche jemanden, der mir bei der Planung hilft."

Emily: „Ich stehe dir zur Seite. Lass uns gemeinsam an deinem Plan arbeiten."

Leandra präsentiert ihre Idee vor Investoren.

Leandra: „Ich hoffe, sie finden meine Idee genauso aufregend wie ich."

Investoren sind beeindruckt und bieten Finanzierung an.

Investor: „Das klingt nach einer einzigartigen Idee. Wir würden gerne investieren."

Leandra gründet ihre eigene Reinigungsfirma.

Leandra: „Ich kann es nicht glauben, dass ich endlich mein eigenes Unternehmen habe."

Ihre Firma bietet innovative Reinigungslösungen an.

Kunde: „Diese Ideen sind großartig! Wir möchten Ihre Dienstleistungen in Anspruch nehmen."

Das Geschäft wächst schnell.

Leandra: „Es ist erstaunlich zu sehen, wie meine Firma expandiert."

Leandra wird für ihren Unternehmergeist anerkannt.

Auszeichnungsveranstaltung:

Moderator: „Wir gratulieren Leandra zu ihrem herausragenden Erfolg in der Geschäftswelt!"

Leandra ist stolz auf ihre Leistungen.

Leandra: „Dieser Moment bedeutet mir so viel.“

Die Freude über ihren Erfolg ist unermesslich.

1. Anerkannt: Recognized
2. Anspruch nehmen: Take advantage of
3. Arbeitet hart: Works hard
4. Auszeichnungsveranstaltung: Award ceremony
5. Beeindruckt: Impressed
6. Angeboten: Offered
7. Denke darüber nach: Think about
8. Dienstleistungen: Services
9. Unternehmen: Company
10. Erfolgreich: Successful
11. Erstaunlich: Amazing
12. Erstaunlich: Amazing
13. Erweitert: Expands
14. Finanzierung: Financing
15. Firma: Company
16. Funktioniert: Works
17. Geschäft: Business
18. Geschäftsidee: Business idea
19. Geschäftswelt: Business world
20. Gratulieren: Congratulate
21. Gründerin: Founder
22. Herausragend: Outstanding
23. Investieren: Invest
24. Investoren: Investors
25. Kunde: Customer
26. Lass uns: Let's
27. Leistungen: Achievements
28. Meinung: Opinion
29. Nicht glauben: Can't believe
30. Nützlich: Useful
31. Präsentiert: Presented
32. Schritte: Steps
33. Stolz: Proud
34. Stehe zur Seite: Stand by

35. Unbelievable: Unglaublich
36. Unternehmergeist: Entrepreneurial spirit
37. Unternehmen: Undertake
38. Unterstützung: Support
39. Unterstützen: to support
40. Unternehmen: Company
41. Unternehmen: to undertake
42. Vielleicht: Maybe
43. Wachsen: Grow

9. Emilys Erkenntnis

Emily gewinnt eine neue Perspektive.

Emily: „Geld ist nicht alles im Leben. Es gibt wichtigere Dinge.“

Sie engagiert sich stärker in Wohltätigkeitsarbeit.

Emily: „Ich möchte einen positiven Einfluss auf das Leben anderer Menschen haben.“

Inspiriert von Leandra beginnt sie ein Mentor-Programm.

Leandra: „Es freut mich zu sehen, wie du andere inspirierst. Du machst großartige Arbeit!“

Emily hilft anderen Frauen, ihre eigenen Unternehmen zu gründen.

Frau Müller: „Ohne deine Hilfe hätte ich das nie geschafft. Danke, Emily!“

Emily findet Zufriedenheit darin, anderen zu helfen.

Emily: „Es fühlt sich so gut an, etwas Gutes für die Gemeinschaft zu tun.“

Sie entscheidet sich für ein einfacheres, bedeutsameres Leben.

Emily: „Ich habe erkannt, dass Einfachheit wahre Freude bringen kann.“

Leandra zeigt Dankbarkeit für Emilys Unterstützung.

Leandra: „Ohne dich hätte ich das nicht geschafft. Danke für deine Hilfe, Emily.“

Ihre Freundschaft wird noch stärker.

Emily: „Wir haben so viel zusammen durchgemacht. Unsere Freundschaft ist etwas Besonderes.“

Emily lernt wertvolle Lebenslektionen von Leandra.

Emily: „Leandra, du hast mir gezeigt, was im Leben wirklich zählt.“

Beide finden Erfüllung in ihren neuen Lebensansätzen.

1. Einfluss: Influence
2. Einfachheit: Simplicity
3. Engagiert: Engaged
4. Entscheidet: Decides
5. Erfüllung: Fulfillment
6. Erkannt: Realized
7. Erkenntnis: Realization
8. Findet: Finds
9. Freundschaft: Friendship
10. Gemeinschaft: Community
11. Gezeigt: Showed
12. Großartige Arbeit: Great work
13. Gründen: Found
14. Inspiriert: Inspired
15. Lebensansätze: Approaches to life
16. Lebenslektionen: Life lessons
17. Mentor-Programm: Mentorship program
18. Neue Perspektive: New perspective
19. Nicht alles: Not everything
20. Ohne dich: Without you
21. Ohne deine Hilfe: Without your help
22. Positive Einfluss: Positive influence
23. Schafft: Achieved
24. Stärker: Stronger
25. Unterstützung: Support

26. Unternehmerin: Female entrepreneur
27. Unternehmen: Undertake
28. Wahre Freude: True joy
29. Wertvolle: Valuable
30. Wohltätigkeitsarbeit: Charity work
31. Zählt: Counts
32. Zufriedenheit: Satisfaction
33. Zusammen: Together

10. Nachhaltige Auswirkungen

Leandras Unternehmen blüht auf.

Leandra: „Mein Reinigungsunternehmen wächst schnell. Ich bin so stolz darauf."

Sie wird zum Vorbild für aufstrebende Unternehmer.

Sophie: „Leandra, du inspirierst mich wirklich. Ich träume auch davon, mein eigenes Unternehmen zu führen."

Emily ist stolz auf Leandras Erfolg.

Emily: „Leandra, du hast so viel erreicht. Ich bin stolz, deine Freundin zu sein."

Ihre Freundschaft blüht weiter.

Leandra: „Emily, wir haben so viel zusammen durchgemacht. Unsere Freundschaft bedeutet mir sehr viel."

Beide konzentrieren sich darauf, der Gemeinschaft etwas zurückzugeben.

Leandra: „Es ist wichtig, anderen zu helfen. Gemeinsam können wir viel bewirken."

Sie sprechen bei Veranstaltungen über ihre Erfahrungen.

Leandra: „Es war eine wilde Reise, aber es hat sich gelohnt. Wir wollen andere ermutigen, ihre Träume zu verfolgen."

Ihre Geschichten beeinflussen andere.

Mia: „Eure Geschichten zeigen, dass man mit Entschlossenheit alles schaffen kann. Danke für die Inspiration!"

Sie feiern die Erfolge der anderen.

Emily: „Leandra, wir haben so viel erreicht. Lass uns das feiern!"

Beide reflektieren über ihre Reise.

Leandra: „Wer hätte gedacht, dass wir hier landen würden? Es ist erstaunlich, wie sich unser Leben verändert hat."

Ihre Freundschaft und Errungenschaften bringen ihnen dauerhafte Freude.

1. Aufstrebende Unternehmer: Aspiring entrepreneurs
2. Beeinflussen: Influence
3. Bewirken: Achieve
4. Blüht auf: Flourishes
5. Dauerhafte Freude: Lasting joy
6. Durchgemacht: Been through
7. Errungenschaften: Achievements
8. Es ist erstaunlich: It's amazing
9. Es hat sich gelohnt: It was worth it
10. Erfahrungen: Experiences
11. Erfolge: Successes
12. Ermutigen: Encourage
13. Errungenschaften: Achievements
14. Feiern: Celebrate
15. Gemeinschaft: Community
16. Gemeinsam: Together
17. Geträumt: Dreamed
18. Inspirierst: Inspire
19. Landen: End up
20. Nachhaltige Auswirkungen: Sustainable impacts
21. Nachhaltige: Sustainable
22. Reise: Journey
23. Reflektieren: Reflect
24. Reinigungsunternehmen: Cleaning company

25. So stolz: So proud
26. Sprechen: Speak
27. Stolz: Proud
28. Stolz darauf: Proud of it
29. Träume: Dreams
30. Unsere Freundschaft: Our friendship
31. Unsicherheiten: Uncertainties
32. Veranstaltungen: Events
33. Verfolgen: Pursue
34. Vorbild: Role model
35. Zusammen: Together
36. Zurückgeben: Give back

Dick und Doof (Laurel and Hardy)

1. Die Idee

Laurels Alltag: Laurel, tollpatschig und fröhlich, arbeitet in einem Café.

Hardys Job: Hardy, ernster, arbeitet im gleichen Café.

Chaotische Missgeschicke: Sie verursachen oft komische Chaosmomente beim Bedienen der Kunden.

Große Träume: Laurel träumt davon, reich zu sein.

Eine verrückte Idee: Laurel schlägt vor, ein eigenes Geschäft zu gründen.

Hardys Zweifel: Hardy ist skeptisch, aber neugierig.

Geschäftsplan: Sie brainstormen humorvolle und bizarre Geschäftsideen.

Lachen und Witze: Ihre Planung ist voller Slapstick-Komödie.

Entscheidung für ein Vorhaben: Sie einigen sich darauf, selbstgemachte Marmelade zu verkaufen.

Marmelade herstellen: Eine chaotische Szene, wie sie Marmelade in Laurels winziger Küche zubereiten.

Küchendesaster: Sie vermischen versehentlich die Zutaten.

Geschmackstest: Hardy probiert die Marmelade und zieht eine lustige Grimasse.

Erste Charge: Sie schaffen es irgendwie, ihre erste Charge zu produzieren.

Tür-zu-Tür-Verkauf: Beginnen, ihre Marmelade in der Nachbarschaft zu verkaufen.

Unerwartetes Interesse: Überraschenderweise lieben die Leute ihre Marmelade.

Laurel: „Hardy, schau mal, die Leute lieben unsere Marmelade!"

Hardy: „Das ist wirklich überraschend, Laurel. Vielleicht haben wir hier etwas Großartiges."

Laurel: „Ich habe gesagt, wir können erfolgreich sein und reich werden!"

Hardy: „Ich hätte nie gedacht, dass Marmelade unser Weg zum Reichtum sein würde. Aber wenn die Leute es mögen, warum nicht?"

Laurel: „Genau, Hardy! Wir sollten mehr machen und vielleicht in die ganze Stadt verkaufen!"

Hardy: „Ich bin dabei, Laurel. Aber lass uns sicherstellen, dass wir die Marmelade richtig machen, ohne weitere chaotische Zwischenfälle."

Laurel: „Versprochen, Hardy! Aber ein bisschen Chaos macht doch alles lustiger, oder?"

Hardy: „Nun ja, solange es uns nicht den Erfolg kostet, warum nicht!"

Gemeinsames Lachen führt sie zu neuen Abenteuern.

1. Alltag: Everyday life
2. Bedienen: Serve
3. Beginnen: Start
4. Brainstormen: Brainstorm
5. Chaosmomente: Chaotic moments
6. Chefkoch: Head chef
7. Damen und Herren: Ladies and gentlemen
8. Das ist wirklich überraschend: That's really surprising
9. Drehtür: Revolving door
10. Ein bisschen Chaos: A bit of chaos
11. Eine chaotische Szene: A chaotic scene
12. Eine verrückte Idee: A crazy idea
13. Eine erste Charge: A first batch
14. Entscheidung für ein Vorhaben: Decision for a venture
15. Erfolg: Success
16. Erfolg kostet: Success costs

17. Erste Charge: First batch
18. Ernster: Serious
19. Fröhlich: Cheerful
20. Gemeinsames Lachen: Shared laughter
21. Geschäftsplan: Business plan
22. Geschäftsideen: Business ideas
23. Geschmackstest: Taste test
24. Große Träume: Big dreams
25. Humorvolle: Humorous
26. Köstlichkeiten: Delicacies
27. Küche: Kitchen
28. Küchendesaster: Kitchen disaster
29. Lachen und Witze: Laughter and jokes
30. Laurels Alltag: Laurel's everyday life
31. Marmelade herstellen: Make jam
32. Missgeschicke: Mishaps
33. Neugierig: Curious
34. Revolving door: Revolving door
35. Schmeckt: Tastes
36. Slapstick-Komödie: Slapstick comedy
37. So stolz: So proud
38. Stolz darauf: Proud of it
39. Süßigkeiten: Sweets
40. Tür-zu-Tür-Verkauf: Door-to-door sales
41. Überraschenderweise: Surprisingly
42. Unerwartetes Interesse: Unexpected interest
43. Unsere Marmelade: Our jam
44. Unser Weg zum Reichtum: Our path to wealth
45. Verrückte: Crazy
46. Verursachen: Cause
47. Vorhaben: Venture
48. Weg zum Reichtum: Path to wealth
49. Witzig: Funny
50. Witze: Jokes
51. Zieht: Pulls
52. Zufrieden: Satisfied
53. Zufriedenheit: Satisfaction
54. Zuhause: Home

55. Zuschauer: Spectator
56. Zusätzliche: Additional
57. Zweifel: Doubts
58. Zwischenfälle: Incidents

2. Das Marmeladengeschäft

Laurels und Hardys Marmelade wird richtig beliebt im Viertel.
Mit albernen Verkaufstricks versuchen sie, ihre Marmelade an die
Leute zu bringen. Laurels Küche wird total chaotisch, eine richtige
Marmeladenfabrik. Das ganze Viertel redet über ihre leckere
Marmelade, und dabei passieren natürlich witzige Unfälle beim
Marmelade machen und ausliefern. Als sie dann ihren ersten
Gewinn zählen, sind sie total aufgeregt. Laurel träumt davon, ihre
Marmelade in jedem Laden zu sehen, während Hardy überlegt, wie
sie noch mehr Marmelade machen können. Schließlich entscheiden
sie sich, ihre Marmelade auf einem lokalen Fest zu verkaufen. Der
Stand wird zu einer Szene komischen Chaos, zieht aber viele Leute
an. Sie melden sogar ihre Marmelade bei einem Wettbewerb auf
dem Fest an. Jetzt warten sie nervös auf die Ergebnisse. Und dann
gewinnt ihre Marmelade den ersten Preis! Jetzt sind sie lokale Stars
für ihre preisgekrönte Marmelade und bekommen sogar
Bestellungen von den Läden hier.

Laurel: „Hardy, die Leute sind total verrückt nach unserer
Marmelade! Das ist so aufregend!"

Hardy: „Ja, Laurel, es sieht so aus, als ob die Leute unsere
Marmelade wirklich mögen. Und das Fest war eine gute Idee!"

Laurel: „Und der Wettbewerb! Hättest du gedacht, dass wir
gewinnen würden?"

Hardy: „Ehrlich gesagt nicht, Laurel. Aber es scheint, als ob
wir wirklich etwas Großartiges haben."

Laurel: „Ich hab's dir gesagt, Hardy! Wir können erfolgreich
sein und reich werden!"

Hardy: „Marmelade als Weg zum Reichtum hätte ich nie gedacht. Aber wenn die Leute es mögen, warum nicht?"

Laurel: „Genau! Wir sollten mehr machen und vielleicht in die ganze Stadt verkaufen!"

Hardy: „Ich bin dabei, Laurel. Aber lass uns sicherstellen, dass wir die Marmelade richtig machen, ohne weitere chaotische Zwischenfälle."

Laurel: „Versprochen, Hardy! Aber ein bisschen Chaos macht doch alles lustiger, oder?"

Hardy: „Nun ja, solange es uns nicht den Erfolg kostet, warum nicht!"

Gemeinsames Lachen führt sie zu neuen Abenteuern.

1. Abenteuer: Adventure
2. Bestellungen: Orders
3. Chaotisch: Chaotic
4. Erfolg: Success
5. Fabrik: Factory
6. Fest: Festival
7. Gewinn: Profit
8. Idee: Idea
9. Komisch: Funny
10. Lachen: Laughter
11. Laden: Store
12. Marmelade: Jam
13. Reichtum: Wealth
14. Szene: Scene
15. Träumen: Dreaming
16. Unfall: Accident
17. Verrückt: Crazy
18. Viertel: Neighborhood
19. Wettbewerb: Competition
20. Zählen: Counting

3. Das Geschäft erweitern

Die Sonne schien, als Laurel und Hardy sich entschieden, ihre Marmeladenproduktion auf die nächste Stufe zu bringen. Laurel hatte einen neuen Ort gefunden – eine größere Küche für ihre süße Kreation.

Laurel: „Hardy, schau mal, hier ist die neue Küche. Genug Platz für viele Marmeladentöpfe!"

Hardy: „Das sieht wirklich geräumig aus, Laurel. Lass uns anfangen!"

Mit viel Gelächter und einigen klebrigen Missgeschicken zogen sie in die neue Küche ein. Das Marmelade-Kochen verwandelte sich in eine wahre Slapstick-Komödie.

Laurel: „Oha, Hardy, das ist zu viel Zucker! Aber egal, ein bisschen Chaos macht die Marmelade doch nur besser, oder?"

Hardy: „Nun ja, solange es am Ende gut schmeckt, Laurel!"

Nach einer lustigen Kochsession wandten sie sich der Verpackung zu, die schnell zu einem weiteren chaotischen Abenteuer wurde.

Laurel: „Die Etiketten kleben überall fest, Hardy! Vielleicht sollten wir selbstklebende Etiketten verwenden."

Hardy: „Gute Idee, Laurel. Dann kleben sie wenigstens an den Gläsern und nicht an uns!"

Ihre Marmeladenabenteuer führten sie zu ihrem neuesten Kauf – einem alten, quietschenden Lieferwagen.

Laurel: „Schau mal, Hardy, unser Lieferwagen! Das wird unser fahrendes Marmeladenabenteuer."

Hardy: „Ich hoffe, er hält bis zur ersten Lieferung!"

Und so begannen ihre komischen Lieferfahrten. Laurel am Steuer, Hardy mit einem besorgten Blick.

Laurel: „Hardy, warum guckst du so ängstlich? Wir sind auf einer Mission – Marmelade für alle!"

Hardy: „Ich hoffe nur, wir liefern die Marmelade und keinen Scherbenhaufen!"

Sie erreichten die örtlichen Geschäfte und verbreiteten dabei gute Laune und ihre leckere Marmelade.

Laurel: „Hallo, Nachbarn! Probieren Sie unsere Marmelade, sie ist wie eine Umarmung für den Gaumen!"

Hardy: „Und ein Lächeln für den Tag! Kaufen Sie unsere Marmelade!"

Ihre Marketingstunts machten sie in der Stadt bekannt. Doch mit Ruhm kamen auch Herausforderungen.

Laurel: „Hardy, wir bekommen so viele Bestellungen. Was machen wir jetzt?"

Hardy: „Vielleicht wird es Zeit, Hilfe einzustellen. Aber wer stellt sich in dieser Chaos-Fabrik vor?"

Die Suche nach Mitarbeitern führte zu amüsanten Vorstellungsgesprächen.

Laurel: „Was sind Ihre Fähigkeiten im Marmelade-Chaos-Management?"

Hardy: „Und wie gut sind Sie im Etiketten-Akrobatik?"

Ihre neuen Mitarbeiter erhielten ein Training voller Lacher und klebriger Situationen.

Laurel: „Denken Sie daran, Marmelade ist Liebe, auch wenn sie auf Ihrer Nase klebt!"

Hardy: „Und jetzt schnell, bevor die Erdbeermarmelade unser Büro übernimmt!"

Eine riesige Bestellung von einem großen Einzelhändler brachte sie in ein weiteres Abenteuer.

Laurel: „Hardy, wir haben eine Megabestellung! Können wir das schaffen?"

Hardy: „Natürlich, Laurel! Mit einem Lächeln und einer extra Portion Chaos!"

So vollendeten Laurel und Hardy erfolgreich ihre größte Bestellung und lachten dabei über jedes klebrige Missgeschick.

1. Akrobatik: Acrobatics
2. Arbeit: Work
3. Bestellung: Order
4. Etikett: Label
5. Fabrik: Factory
6. Fahrend: Driving
7. Fähigkeiten: Skills
8. Gaumen: Palate
9. Gelächter: Laughter
10. Geschäft: Business
11. Herausforderung: Challenge
12. Küche: Kitchen
13. Lachen: Laughter
14. Lieferwagen: Delivery van
15. Marmelade: Jam
16. Mission: Mission
17. Missgeschick: Mishap
18. Mitarbeit: Collaboration
19. Platz: Space
20. Ruhm: Fame
21. Scherbenhaufen: Shambles
22. Slapstick: Slapstick
23. Stufe: Level
24. Träumen: Dream
25. Umarmung: Hug

4. Der große Durchbruch

Die Sonne lachte über Laurel und Hardy, als ihre Marmelade sich über die ganze Stadt verbreitete. Die Menschen liebten ihre köstlichen Kreationen, und ihre Namen wurden immer bekannter.

Laurel: „Hardy, die ganze Stadt spricht über unsere Marmelade! Das ist der Wahnsinn!"

Hardy: „Wer hätte gedacht, dass Marmelade so berühmt werden kann? Aber jetzt, Laurel, was machen wir als Nächstes?"

Mit neuen Träumen beschlossen sie, eine Marmeladenfabrik zu eröffnen. Der Gedanke an eine Fabrik brachte jedoch eine witzige Szene in der Bank mit sich.

Laurel: „Hallo, netter Bankmensch! Wir wollen Geld für eine Fabrik. Haben Sie etwas Kleingeld für uns?"

Bankmensch: „Eine Fabrik für Marmelade? Das ist neu! Aber ich kann euch vielleicht helfen."

Die Einrichtung der Fabrik wurde zu einer Reihe von komischen Ereignissen.

Hardy: „Laurel, wo sollten wir die Marmeladentöpfe hinstellen? Überall ist Platz, nur nicht da, wo sie hingehören!"

Laurel: „Keine Sorge, Hardy, Marmelade ist überall willkommen!"

Die große Eröffnung der Fabrik wurde zu einer lustigen Party.

Laurel: „Willkommen in unserer Marmeladen-Manufaktur! Hier gibt es Spaß und süße Leckereien!"

Hardy: „Genau! Und vergessen Sie nicht, unsere Marmelade ist wie ein Lächeln im Glas!"

Nach einigen klebrigen Startproblemen schafften sie es schließlich, die Marmelade effizient zu produzieren.

Laurel: „Hardy, schau mal, wir haben keinen Kleister mehr an den Händen!"

Hardy: „Das ist wirklich eine Revolution, Laurel!"

Ihre Marketingkampagnen waren so komisch wie eh und je.

Laurel: „Probieren Sie unsere Marmelade, sie macht Ihr Frühstück zum besten Teil des Tages!"

Hardy: „Und wenn nicht, bekommen Sie Ihr Lächeln zurück – garantiert!"

Ihre Marmelade weckte das Interesse eines nationalen Vertriebspartners.

Laurel: „Hardy, wir haben einen Brief von einem großen Händler! Was machen wir jetzt?"

Hardy: „Oh, das ist aufregend, Laurel! Aber sollten wir nicht zuerst nachsehen, ob sie unsere Art von Chaos mögen?"

Die Entscheidung, landesweit zu gehen, brachte viele humorvolle Momente mit sich.

Laurel: „Sollen wir wirklich landesweit gehen, Hardy? Das klingt nach vielen Gläsern Marmelade!"

Hardy: „Aber denk daran, Laurel, je mehr Marmelade, desto mehr Lächeln!"

Der Vertragsabschluss mit dem nationalen Distributor wurde zu einer riesigen Party.

Laurel: „Tanzen wir, Hardy! Unsere Marmelade erobert die Welt!"

Hardy: „Ja, Laurel, aber lass uns sicherstellen, dass wir kein Marmeladenchaos auf dem Tanzboden hinterlassen!"

Mit steigendem Wohlstand kamen amüsante Veränderungen in ihrem Lebensstil.

Laurel: „Schau mal, Hardy, ein neues Auto! Aber warum klebt Marmelade am Lenkrad?"

Hardy: „Weil wir immer in Bewegung sind, Laurel, genauso wie unsere Marmelade!"

Als öffentliche Figuren wurden Laurel und Hardy zu lokalen Berühmtheiten.

Laurel: „Hallo, Fans! Danke, dass ihr unsere Marmelade liebt! Ihr seid die besten!"

Hardy: „Ja, danke! Aber erinnert euch, wir sind immer noch die gleichen verrückten Marmeladenmacher von nebenan!"

Ihr Erfolg als nationale Marke brachte neue Herausforderungen mit sich.

Laurel: „Hardy, das ist alles so aufregend, aber auch ein bisschen beängstigend. Was machen wir jetzt?"

Hardy: „Wir nehmen es, wie immer, mit einem Lächeln und einem Klecks Marmelade, Laurel!"

Mit ihren Gläsern voller süßer Erfolge und Lachen stellten sich Laurel und Hardy den neuen Abenteuern als nationale Marmeladenkünstler.

1. Bankmensch: Banker
2. Berühmt: Famous
3. Brief: Letter
4. Durchbruch: Breakthrough
5. Effizient: Efficient
6. Einrichtung: Establishment
7. Eröffnung: Opening
8. Gläser: Jars
9. Händler: Trader
10. Herausforderung: Challenge
11. Klecks: Dab
12. Kleingeld: Small change
13. Kleister: Paste
14. Klebrig: Sticky
15. Landesweit: Nationwide
16. Lebensstil: Lifestyle
17. Lächeln: Smile
18. Manufaktur: Manufactory
19. Marmelade: Jam
20. Marmeladenmacher: Jam makers
21. Marketingkampagne: Marketing campaign
22. Missgeschick: Mishap
23. Morgenmahlzeit: Breakfast
24. Produzieren: Produce
25. Ruhm: Fame
26. Spaß: Fun

27. Startproblem: Starting problem
28. Steuer: Steering wheel
29. Träume: Dreams
30. Veränderungen: Changes
31. Verbreiten: Spread
32. Verkaufstricks: Sales tricks
33. Vertrag: Contract

5. Landesweiter Erfolg

Mit einem Lächeln und Marmeladengläsern voller Spaß wagten sich Laurel und Hardy auf die nationale Bühne.

Landesweiter Start: Die Marmelade eroberte das ganze Land.

Laurel: „Hardy, schau, unsere Marmelade ist überall! Wir sind wie Marmeladenzauberer!"

Hardy: „Ja, Laurel, aber lass uns sicherstellen, dass wir keinen Marmeladenzauberstab vergessen!"

TV-Auftritt: Ein Fernsehauftritt wurde zu einer Comedy-Szene.

Moderator: „Laurel und Hardy, erzählt uns von eurer Marmelade!"

Laurel: „Unsere Marmelade ist wie ein Witz im Glas! Ein Lächeln am Morgen, den ganzen Tag über!"

Hardy: „Und manchmal klebt es sogar an den Toast, um sicherzustellen, dass Sie den Tag mit einem Lächeln beginnen!"

Rekordverdächtige Verkäufe: Die Verkäufe schossen im ganzen Land in die Höhe.

Laurel: „Hardy, wir verkaufen so viel Marmelade, dass ich anfange, süße Träume zu haben!"

Hardy: „Vielleicht sollten wir auch eine Marmeladenbettwäsche entwerfen, Laurel!"

Fanpost: Fanpost erreichte sie für ihre Marmelade und ihren Humor.

Fan: „Liebe Laurel und Hardy, eure Marmelade ist der Hit! Ich lache immer, wenn ich das Glas öffne!"

Laurel: „Hardy, wir haben Fans! Ich fühle mich wie ein Marmeladen-Rockstar!"

Fabrik-Erweiterung: Die Fabrikerweiterung brachte komische Szenen beim Bau mit sich.

Bauarbeiter: „Laurel, wohin sollen diese riesigen Marmeladengläser?"

Laurel: „Überall hin, wo Platz ist! Die Welt braucht mehr Marmelade!"

Prominente Empfehlungen: Sie erhielten skurrile Prominentenempfehlungen.

Berühmte Person: „Ich esse nur Marmelade von Laurel und Hardy. Das ist der wahre Luxus!"

Hardy: „Laurel, ich wusste nicht, dass unsere Marmelade Teil des Glamours wird!"

Wohlstand sammelt sich an: Ihr Reichtum wuchs rasant.

Laurel: „Hardy, unser Geld vermehrt sich wie Hefeteig! Was machen wir damit?"

Hardy: „Vielleicht sollten wir Marmeladen-Bankiers werden, Laurel!"

Lustige Lifestyle-Anpassungen: Sie passten sich mit humorvollen Ergebnissen an den Wohlstand an.

Laurel: „Ein Goldfischteich im Wohnzimmer? Das ist doch reich!"

Hardy: „Aber Laurel, warum schwimmt Marm...

1. Anpassungen: Adjustments
2. Auftritt: Appearance
3. Bankiers: Bankers
4. Bühne: Stage

5. Bauarbeiter: Construction workers
6. Bettwäsche: Bedding
7. Fabrik-Erweiterung: Factory expansion
8. Fanpost: Fan mail
9. Fernsehauftritt: TV appearance
10. Hefeteig: Dough
11. Kleben: Stick
12. Marmeladenbettwäsche: Jam bedding
13. Marmeladen-Rockstar: Jam rockstar
14. Marmeladenglas: Jam jar
15. Marmeladenzauberer: Jam magician
16. Prominente Empfehlungen: Celebrity endorsements
17. Reichtum: Wealth
18. Rekordverdächtige Verkäufe: Record-breaking sales
19. Ruhm: Fame
20. Skurril: Eccentric
21. TV-Auftritt: TV appearance
22. Wachsen: Grow
23. Wohlstand: Prosperity
24. Wohnzimmer: Living room
25. Zuschauer: Audience

Ich werde unabhängig

1. Die Entdeckung

Dorothy: „Hallo, Freunde! Ich habe aufregende Neuigkeiten. Ich werde eine Insel im Nordatlantik kaufen!"

Freund 1: „Was? Bist du ernsthaft?"

Dorothy: „Ja, ich habe mein Haus verkauft und ein Boot gekauft. Ich möchte mein eigenes Land gründen."

Freund 2: „Du bist wirklich mutig, Dorothy. Welche Insel ist es?"

Dorothy: „Ich weiß es nicht genau, aber sie soll unberührt sein. Ich nenne sie 'Doraland'."

Freund 1: „Das klingt nach einem Abenteuer! Bist du nicht nervös?"

Dorothy: „Natürlich bin ich nervös, aber ich träume schon immer davon, mein eigenes Land zu haben."

Freund 2: „Wie fühlst du dich, nachdem du dein Haus verkauft hast?"

Dorothy: „Es ist ein bisschen traurig, aber auch aufregend. Ich will etwas Neues erleben."

Freund 1: „Ich kann es kaum erwarten, von deinem Abenteuer zu hören, wenn du zurückkommst!"

Dorothy: „Danke! Ich werde euch auf dem Laufenden halten. Ich segel jetzt los!"

Unterwegs auf dem Boot

Dorothy: „Oh, das Meer ist stürmischer als erwartet. Aber ich werde nicht aufgeben!"

Denkpause

Dorothy: „Da ist die Insel! Ich habe es geschafft!"

Am Strand von Doraland

Dorothy: „Hier bin ich also. Meine eigene Insel. Freiheit!"

Camp aufschlagen

Dorothy: „Ein vorübergehendes Camp, während ich plane, Doraland aufzubauen. Ich kann es kaum erwarten, anzufangen!"

Freude und Aufregung

Dorothy: „Das ist der Anfang von etwas Neuem. Ich fühle mich frei und bin bereit, mein eigenes Land zu gestalten!"

1. Abenteuer: Adventure
2. Anfang: Beginning
3. Aufregend: Exciting
4. Boot: Boat
5. Entdeckung: Discovery
6. Erwartet: Expected
7. Freiheit: Freedom
8. Laufende: Ongoing
9. Meer: Sea
10. Nervös: Nervous
11. Nordatlantik: North Atlantic
12. Segeln: Sail
13. Stürmisch: Stormy
14. Träumen: Dream
15. Unberührt: Untouched
16. Unabhängig: Independent
17. Verkaufen: Sell
18. Zurückkommen: Return

2. Doraland Aufbauen

In einer Ecke der Insel begann Dorothy mit dem Bau ihres Zuhauses. Ein einfacher Unterschlupf sollte es sein, aber sie träumte bereits von mehr. Ihre Freundin schlug vor, eine Flagge für Doraland zu entwerfen. „Was hältst du von einem Baum als Symbol für Wachstum?", schlug Dorothy vor.

Die Idee, Briefmarken und Münzen zu gestalten, kam ihr während des Gesprächs. „Vielleicht können wir so Doraland bekannt machen", überlegte sie. Gemeinsam entwarfen sie ein einfaches Baumdesign für die Briefmarken und Münzen. Die Freundin lobte die süßen Motive.

Eines Tages erhielt Dorothy die aufregende Nachricht, dass ihre erste Briefmarke online verkauft wurde. „Jemand interessiert sich für Doraland!", rief sie begeistert. Die Beliebtheit der Briefmarken und Münzen wuchs, und Dorothy konnte ihre Lebensbedingungen auf der Insel verbessern.

Entschlossen wandte sie sich an die Vereinten Nationen. „Vielleicht will Doraland offiziell beitreten. Ich sollte die Vereinten Nationen fragen", dachte sie. Die Medien wurden auf ihr einzigartiges Unterfangen aufmerksam. Ein Reporter fragte: „Dorothy, können Sie uns mehr über Ihre Insel und Ihr Projekt erzählen?" Dorothy erklärte stolz ihre Ideen und Pläne für Doraland.

Das Abenteuer auf der kleinen Insel wurde immer aufregender, und Dorothy spürte, wie ein wachsendes Gefühl von Stolz und Möglichkeit sie erfüllte.

1. Aufbauen: Build
2. Begeistert: Excited
3. Beliebtheit: Popularity
4. Beitreten: Join
5. Briefmarke: Stamp
6. Entschlossen: Determined
7. Entwerfen: Design
8. Erfüllt: Fulfilled
9. Erhalten: Receive
10. Erhöhen: Improve
11. Flagge: Flag
12. Gefühl: Feeling
13. Gemeinsam: Together
14. Gespräch: Conversation
15. Gestalten: Create
16. Gesundheitszustand: Living conditions
17. Lebensbedingungen: Living conditions

18. Lobte: Praised
19. Möglichkeit: Possibility
20. Münze: Coin
21. Neuigkeiten: News
22. Offiziell: Officially
23. Populär: Popular
24. Schlug: Suggested
25. Spürte: Felt
26. Stolz: Pride
27. Träumte: Dreamed
28. Unterschlupf: Shelter
29. Vereinte Nationen: United Nations
30. Verbessern: Improve
31. Verkaufen: Sell
32. Verkauft: Sold
33. Wachstum: Growth
34. Wandte: Turned

3. Anerkennung für Doraland

Dorothy konnte es kaum erwarten, ihre Anmeldung bei den Vereinten Nationen einzureichen. „Ich denke, es ist Zeit für Doraland, international anerkannt zu werden", sagte sie zu ihrer Freundin. Diese ermutigte sie, die Unterlagen so schnell wie möglich zu senden.

Während der Wartezeit auf eine Antwort von den Vereinten Nationen, spürte Dorothy Nervosität in der Luft. „Ich hoffe, sie mögen Doraland genauso wie ich", gestand sie ihrer Freundin. In dieser Zeit gewann Doraland Unterstützung von kleinen Ländern, die von Dorothys Abenteuer begeistert waren.

Eines Tages erreichte sie die ersehnte Nachricht: „Herzlichen Glückwunsch! Doraland ist nun Mitglied der Vereinten Nationen." Überwältigt von Emotionen feierten sie diesen Erfolg. Dorothy strahlte vor Freude und sagte: „Das ist ein großer Schritt für Doraland!"

Die Vorbereitungen für ihren ersten Auftritt bei den Vereinten Nationen begannen. „Wir müssen sicherstellen, dass Doraland einen bleibenden Eindruck hinterlässt", sagte sie und überlegte, was sie sagen würde.

Als der Tag ihres Debüts anbrach, betrat Dorothy voller Stolz die Bühne. Die Welt schaute gespannt auf das neueste Länderoberhaupt. Sie erzählte von Doralands Träumen und Plänen, und die Welt lauschte.

Doch mit der Anerkennung kamen auch Angebote von reichen Ländern, die um ihre Unterstützung baten. Dorothy fand sich in einem moralischen Dilemma wieder. „Ich möchte das Beste für Doraland, aber zu welchem Preis?", sorgenvoll teilte sie ihrer Freundin mit.

Nach reiflicher Überlegung entschied sie sich für Angebote, die Doralands Interessen am besten dienten. Mit dem Geld begann sie, die Insel weiter zu entwickeln und knüpfte Beziehungen zu anderen Ländern. Doch mit diesem Wohlstand spürte sie auch die Verantwortung, die auf ihren Schultern lastete.

1. Anerkennung: Recognition
2. Angebote: Offers
3. Anmeldung: Registration
4. Anbrach: Began
5. Begeistert: Enthusiastic
6. Begannen: Started
7. Begeistert: Excited
8. Beziehung: Relationship
9. Bleibender: Lasting
10. Botschaft: Message
11. Debüt: Debut
12. Ebene: Level
13. Eindruck: Impression
14. Entscheidung: Decision
15. Entwicklung: Development
16. Erfolg: Success
17. Erreichte: Reached
18. Herzlichen: Heartfelt
19. Knüpfte: Established

20. Lauschte: Listened
21. Lastete: Rested
22. Mitglied: Member
23. Nachricht: News
24. Nervosität: Nervousness
25. Neueste: Latest
26. Nervosität: Nervousness
27. Niederlage: Defeat
28. Preis: Price
29. Schauen: Watch
30. Schritt: Step
31. Schulten: Shoulders
32. Sich: Oneself
33. Sorgenvoll: Worried
34. Spürte: Felt
35. Stolz: Pride
36. Träumen: Dream

4. Der Höhepunkt

Dorothy fand sich plötzlich in einer einflussreichen Position wieder. „Es ist erstaunlich, wie weit Doraland gekommen ist", sagte sie zu einem Freund, der schon seit den Anfangstagen dabei war. „Aber jetzt stehen wir vor einer großen Entscheidung."

Die Vereinten Nationen hatten für Doraland eine wichtige Abstimmung anberaumt. Dorothy spürte, dass viel auf dem Spiel stand. „Diese Entscheidung wird die Zukunft von Doraland beeinflussen", sagte sie nachdenklich.

Die Weltmächte übten Druck auf sie aus, um ihre Stimme bei der Abstimmung zu gewinnen. „Es ist schwer, unter all diesem Druck klar zu denken", gestand Dorothy einem Berater. „Aber ich kann meine Prinzipien nicht verraten."

Entgegen den Angeboten von mächtigen Ländern entschied sich Dorothy, einen moralischen Standpunkt einzunehmen. „Doraland wird für das stehen, was richtig ist", verkündete sie stolz.

Die Welt reagierte überrascht auf ihre unerwartete Entscheidung. Die Medien waren voller Aufregung über ihren mutigen Schritt bei den Vereinten Nationen. Dorothy wurde sowohl unterstützt als auch kritisiert.

Die Zukunft von Doraland stand in Frage, und Dorothy dachte über die nächsten Schritte nach. „Wir müssen weiterhin an unsere Werte glauben", sagte sie zu ihrem Team. „Auch wenn es schwer ist, werden wir eine Nation aufbauen, die nachhaltig und integer ist."

Die Entscheidung führte zu einem Anstieg des Tourismus in Doraland. „Die Menschen respektieren uns für unsere Integrität", sagte Dorothy, als sie die wachsenden Besucherzahlen sah. Sie war stolz darauf, als respektierte Führerin wahrgenommen zu werden.

Dorothy betonte weiterhin nachhaltiges Wachstum für Doraland und erkannte schließlich die globale Auswirkung ihres Handelns. „Wir können die Welt inspirieren, indem wir unseren Weg gehen", sagte sie zuversichtlich.

1. Abstimmung: Vote
2. Anberaumt: Scheduled
3. Anstieg: Increase
4. Aufregung: Excitement
5. Auswirkung: Impact
6. Beeinflussen: Influence
7. Beeinflussen: Affect
8. Berater: Advisor
9. Betonte: Emphasized
10. Bewusst: Conscious
11. Dachte: Thought
12. Druck: Pressure
13. Entscheidung: Decision
14. Entscheidung: Determination
15. Entgegen: Contrary to
16. Erkannte: Recognized
17. Erstaunlich: Amazing
18. Fand: Found

19. Führerin: Leader (female)
20. Gekommen: Come
21. Handelns: Actions
22. Höhepunkt: Culmination
23. Inspirieren: Inspire
24. Integer: Integral
25. Klar: Clear
26. Kritisiert: Criticized
27. Ländern: Countries
28. Mächtigen: Powerful
29. Moralischen: Moral
30. Nachdenklich: Thoughtful
31. Nachhaltig: Sustainable
32. Prinzipien: Principles
33. Respektieren: Respect
34. Richtig: Right
35. Schwer: Hard

Der schnelle Reichtum

1. Die tolle Idee

Charleys Leben war gewöhnlich – er arbeitete von 9 bis 5 wie jeder andere. Doch er träumte von mehr, von Reichtum und Erfolg. Eines Tages schlug die Inspiration zu.

„Warum nicht ein Buch schreiben und reich werden?", dachte er. Seine Freunde waren skeptisch, aber er war entschlossen. Abends, nach der Arbeit, setzte er sich hin und begann zu schreiben, voller Hoffnung.

„Schnell reich werden" – so entschied er sich, sein Buch zu nennen. Stolz beendete er das Manuskript. Der Weg zum Verlag war schwer, aber schließlich fand er einen willigen Verleger.

Das Buch wurde mit bescheidenen Erwartungen veröffentlicht, doch dann geschah etwas Unerwartetes: Es wurde ein Überraschungserfolg. Charley wurde plötzlich reich durch den Verkauf des Buches und zog die Aufmerksamkeit der Medien als Selfmade-Millionär auf sich.

Aber während die Medien beeindruckt waren, waren die Leser enttäuscht. Die Ratschläge im Buch waren wenig hilfreich, und die meisten warfen es beiseite. Allerdings gab es einen unbekannten Leser, der sich in das Buch verbiss und besessen wurde – ein Umstand, von dem Charley nichts ahnte.

1. Ahnte: Suspected
2. Aufmerksamkeit: Attention
3. Beeindruckt: Impressed
4. Beenden: Finish
5. Besessen: Obsessed
6. Bescheidenen: Modest
7. Eines Tages: One day
8. Entscheidung: Decision
9. Enttäuscht: Disappointed
10. Erwartungen: Expectations
11. Geschah: Happened

12. Hoffnung: Hope
13. Leser: Reader
14. Plötzlich: Suddenly
15. Ratschläge: Advice
16. Reichtum: Wealth
17. Schlug: Struck
18. Schwer: Difficult
19. Selbstgemacht: Selfmade
20. Selbstgemacht: Homemade
21. Stolz: Proud
22. Titel: Title
23. Tolles: Great
24. Unerwartetes: Unexpected
25. Überraschungserfolg: Surprise success
26. Unbekannten: Unknown
27. Unterwegs: On the way
28. Verlag: Publisher

2. Steigende Berühmtheit und Spannung

Charleys neuer Lebensstil war voller Freude über seinen plötzlichen Reichtum und Ruhm. Er genoss es in vollen Zügen.

Doch während Charley sich über sein neues Leben freute, wuchs die Unzufriedenheit unter den Lesern seines Buches. Immer mehr äußerten ihre Enttäuschung.

Alex: „Dieses Buch ist eine Enttäuschung! Es hat nichts gebracht!"

Andere Leserin: „Stimmt, ich habe mir mehr davon versprochen."

Einer von ihnen, ein besessener Leser namens Alex, wurde wütend. Er begann einen Plan zu schmieden, um Charley zur Rede zu stellen.

Alex: „Das reicht! Ich muss etwas unternehmen!"

Charley, jedoch, war sich keiner Gefahr bewusst.

Die öffentliche Kritik an Charlies Buch nahm zu, und inmitten dieser Kritik begann Alex, Charley zu verfolgen. Charley spürte eine wachsende Unruhe, konnte aber nicht verstehen, warum.

Charley: „Warum fühle ich mich so unwohl in letzter Zeit?"

Alex kam Charley immer näher, indem er persönliche Informationen über ihn sammelte. Charley bemerkte merkwürdige Vorfälle, aber er entschied sich, die Warnzeichen zu ignorieren, indem er alles auf Stress schob.

Charley: „Vielleicht bilde ich mir das nur ein. Es ist sicher nur der Stress."

Die Obsession von Alex erreichte eine gefährliche Stufe. Als Charley an einer öffentlichen Buchsignierstunde teilnahm, war Alex in seiner Nähe, unbemerkt von Charley.

Alex: „Ich werde ihm zeigen, dass er nicht einfach so davonkommt!"

Die Atmosphäre während der Buchsignierstunde war angespannt.

1. Äußerten: Expressed
2. Atmosphäre: Atmosphere
3. Bewusst: Aware
4. Buchsignierstunde: Book signing event
5. Enttäuschung: Disappointment
6. Entschied: Decided
7. Entschied: Chose
8. Entwicklungen: Developments
9. Gefahr: Danger
10. Gefährliche: Dangerous
11. Genoss: Enjoyed
12. Ignorieren: Ignore
13. Inmitten: Amidst
14. Kritik: Criticism
15. Lebensstil: Lifestyle
16. Näher: Closer

17. Nähe: Proximity
18. Nimmt zu: Increases
19. Persönliche: Personal
20. Publikum: Audience
21. Reaktionen: Reactions
22. Rede: Speech
23. Reichtum: Wealth
24. Ruhe: Rest
25. Ruhm: Fame
26. Sammelte: Collected
27. Signierstunde: Signing event

3. Die Konfrontation

Charley erlebt eine direkte Bedrohung, als er eine beängstigende Nachricht von Alex erhält.

Alex: „Du kannst nicht vor mir weglaufen, Charley. Ich werde dich finden!"

Anfangs kann Charley nicht glauben, dass er gestalkt wird.

Charley: „Das muss ein Irrtum sein. Warum sollte mich jemand verfolgen?"

Entschlossen, die Bedrohung anzugehen, beschließt er, zur Polizei zu gehen.

Charley: „Ich muss das den Polizisten erzählen. Vielleicht können sie mir helfen."

Die Hilfe der Polizei ist jedoch begrenzt.

Polizist: „Wir werden das im Auge behalten, aber wir können nicht viel tun."

Mit jedem Tag steigt Charlies Paranoia. Er fühlt sich überall verfolgt.

Charley: „Jemand beobachtet mich. Ich kann es spüren."

Die Konfrontation zwischen Alex und Charley eskaliert, als Alex ihn öffentlich zur Rede stellt.

Alex: „Du kannst nicht einfach so davonkommen! Die Leute sollten die Wahrheit über dich wissen!"

Die Situation spitzt sich schnell zu, und Charley ist schockiert über Alex' Wut.

Charley: „Was ist los? Warum tust du das?"

Alex erhebt schwere Vorwürfe gegen Charley.

Alex: „Du bist ein Betrüger, Charley! Dein Buch ist nichts als Lug und Trug!"

Die öffentliche Szene zieht die Aufmerksamkeit der Menschen auf sich.

Zuschauer: „Was geht hier vor? Wer sind die beiden?"

Charley gelingt es, von der Szene zu fliehen, aber die Angst um seine Sicherheit nimmt zu.

Charley: „Ich muss mich verstecken. Das wird immer schlimmer."

Alex ist jedoch entschlossen, ihn zu finden.

Alex: „Du kannst nicht für immer davonlaufen, Charley. Ich werde dich finden, egal wohin du gehst."

Charley versteckt sich, ist aber unsicher über seine Sicherheit.

1. Angst: Fear
2. Anfangs: Initially
3. Auge behalten: Keep an eye on
4. Beängstigend: Frightening
5. Bedrohung: Threat
6. Begrenzt: Limited
7. Beobachtet: Observed
8. Betrüger: Fraudster
9. Beunruhigt: Disturbed
10. Beängstigende: Scary
11. Egal: Regardless
12. Entschlossen: Determined

13. Entschließt: Decides
14. Eskaliert: Escalates
15. Finden: Find
16. Fliehen: Flee
17. Fühlt sich: Feels
18. Gelangt: Succeeds
19. Geschockt: Shocked
20. Gestalkt: Stalked
21. Irrtum: Mistake
22. Leute: People
23. Lug und Trug: Deceit
24. Nachricht: Message
25. Rede stellen: Confront
26. Schockiert: Shocked
27. Sicherheit: Safety
28. Situation: Situation
29. Spitzt zu: Intensifies
30. Spüren: Feel
31. Stalkt: Stalks
32. Steigt: Rises
33. Trug: Deception
34. Unruhe: Unease
35. Unsicher: Uncertain

4. Die Eskalation

Charley versteckt sich an einem abgelegenen Ort.

Charley: „Hier sollte mich niemand finden. Ich hoffe, ich bin sicher."

Währenddessen setzt Alex seine Suche nach Charley fort.

Alex: „Du kannst dich nicht für immer verstecken, Charley. Ich werde dich aufspüren."

Die Isolation lässt Charley sich einsam und gefangen fühlen.

Charley: „Es ist, als wäre ich eingesperrt. Wann hört das auf?"

Die angespannte Situation belastet seine mentale Gesundheit.

Charley: „Ich kann nicht mehr. Das macht mich kaputt."

Plötzlich kommt es zu einer unerwarteten Begegnung, als Charley versehentlich auf Alex trifft.

Charley: „Was tust du hier? Lass mich in Ruhe!"

Es beginnt eine beängstigende Verfolgungsjagd.

Charley: „Hilfe! Jemand, bitte, hilfe!"

Die öffentliche Aufmerksamkeit steigt, als die Geschichte das Interesse der Menschen weckt.

Reporter: „Ein gefährliches Spiel zwischen einem Autor und einem Leser. Was ist hier los?"

Charley macht ängstliche Appelle in der Öffentlichkeit.

Charley: „Ich brauche Hilfe! Jemand muss etwas unternehmen!"

Alex bleibt unerbittlich in seiner Verfolgung.

Alex: „Du kannst nicht entkommen, Charley. Deine Zeit läuft ab."

Die Situation entwickelt sich zu einem gefährlichen Katz-und-Maus-Spiel.

Charley: „Warum hört das nicht auf? Ich kann nicht mehr."

Charley realisiert, dass Ruhm und Reichtum auch ihre dunklen Seiten haben.

Charley: „Das ist nicht, wie ich mir mein Leben vorgestellt habe."

Mit schwindenden Optionen und zunehmender Spannung bereitet er sich auf eine letzte Konfrontation mit Alex vor.

Charley: „Es ist Zeit, diesem Albtraum ein Ende zu setzen."

1. Albtraum: Nightmare
2. An einem abgelegenen Ort: In a secluded place
3. Appelle: Appeals

4. Beängstigende: Frightening
5. Begegnung: Encounter
6. Belastet: Strains
7. Beängstigende: Scary
8. Dunklen Seiten: Dark sides
9. Einsam: Lonely
10. Eingesperrt: Locked up
11. Entkommen: Escape
12. Entwickelt sich: Develops
13. Eskalation: Escalation
14. Fühlen: Feel
15. Gefährliche: Dangerous
16. Gefangen: Captured
17. Gefährliches: Dangerous
18. Gehört: Belongs
19. Hört auf: Stops
20. Hört das auf: Stops
21. Hört nicht auf: Does not stop
22. Jemanden aufspüren: Track someone down
23. Katz-und-Maus-Spiel: Cat-and-mouse game
24. Kaputt: Broken
25. Läuft ab: Expires
26. Ruhm: Fame
27. Ruhm und Reichtum: Fame and wealth
28. Ruhe: Peace
29. Schwindenden: Diminishing
30. Search: Suche
31. Spannung: Tension
32. Steigt: Rises
33. Suche: Search
34. Suche nach: Search for

5. Das tragische Ende

Die letzte Konfrontation zwischen Charley und Alex findet statt.

Charley: „Warum tust du das? Wir können eine Lösung finden.“

Alex: „Du hast mein Leben ruiniert! Du wirst dafür bezahlen!“

Es entbrennt ein verzweifelter Kampf.

Charley: „Hör auf! Das führt zu nichts Guten!"

Leider endet der Kampf tragisch, als Charley schwer verletzt wird.

Umstehende Person: „Jemand muss einen Arzt rufen! Schnell!"

Die Polizei trifft ein und verhaftet Alex am Tatort.

Polizist: „Du bist in Gewahrsam wegen schwerer Straftaten."

Die Medien berichten ausführlich über die tragische Geschichte.

Reporter: „Ein bekannter Autor und ein besessener Leser – ein trauriges Ende."

Die Öffentlichkeit ist geschockt über das Ergebnis.

Bürgerin: „Das hätte niemals passieren dürfen. Wie konnte es so weit kommen?"

Es entbrennt eine öffentliche Debatte über die Schattenseiten des Ruhms.

Bürger: „Ruhm kann gefährlich sein. Wir müssen darüber sprechen."

Charleys Vermächtnis ist von Tragik überschattet.

Freund: „Er hatte so große Träume. Das ist herzzerreißend."

Alex' Motive werden deutlich – ein Gefühl des Verrats.

Alex: „Er hat mein Vertrauen missbraucht. Ich musste handeln."

Charleys Träume von Reichtum und Erfolg enden in einer Tragödie.

Freundin: „Er wollte nur das Beste, aber es ging alles schief."

Die Geschichte wird zu einer Mahnung vor zu schnellem Erfolg.

Nachbar: „Wir sollten vorsichtig sein, was wir uns wünschen. Manchmal hat Erfolg seinen Preis."

Freunde trauern und bereuen ihre anfängliche Skepsis.

Freund: „Hätten wir ihm mehr geglaubt, könnte dies vermieden werden."

Die öffentliche Trauer geht mit Fragen nach Verantwortlichkeit einher.

Bürgerin: „Wer trägt die Verantwortung? Wir müssen darüber nachdenken."

Es ist das Ende von Doralands Reise – eine Reise voller Trauer und Besinnung.

Einwohnerin: „Ein trauriges Ende für einen Traum. Möge er in Frieden ruhen."

Charleys Geschichte bleibt als düstere Erinnerung an die potenziellen Gefahren von plötzlichem Ruhm und obsessiven Anhängern bestehen.

Lehrer: „Wir sollten daraus lernen. Ruhm ist nicht immer das, was er zu sein scheint."

1. Arzt: Doctor
2. Besessener: Obsessed
3. Bezahlen: Pay
4. Bürger: Citizen
5. Düstere: Dark
6. Entbrennt: Ignites
7. Entschuldigung: Apology
8. Ergebnis: Result
9. Erfolg: Success
10. Erfolglos: Unsuccessful
11. Erinnerung: Memory
12. Fehler: Mistake
13. Frieden: Peace
14. Gefahr: Danger
15. Gefährlich: Dangerous
16. Gefängnis: Prison
17. Gefährliche: Dangerous
18. Gefängnis: Prison

19. Gefängnisstrafe: Prison sentence
20. Gehalt: Salary
21. Gefangen: Captured
22. Gewahrsam: Custody
23. Gewalt: Violence
24. Herzzerreißend: Heartbreaking
25. Hör auf: Stop
26. Kampf: Fight
27. Mahnung: Warning
28. Nachricht: Message
29. Niemals: Never

Das alte Haus

1. Die Entdeckung

Nick, ein junger Mann, hat ein altes Haus in Penzance gekauft.

Nachbarin: „Ein schönes Haus, Nick. Bist du aufgeregt, einzuziehen?"

Nick: „Ja, ich liebe alte Dinge. Mal sehen, was dieses Haus versteckt."

Er beginnt, das knarrende, alte Haus zu erkunden.

Freundin: „Das ist aufregend, Nick! Was hast du gefunden?"

Nick: „Ein staubiger Dachboden mit alten Sachen – und diese Schatzkarte!"

Freund: „Eine Schatzkarte? Das klingt nach einem Abenteuer."

Die verblasste Karte zeigt auf einen Ort in Cornwall.

Nick: „Es könnte einen Schatz geben, verbunden mit Piratenlegenden!"

Er erforscht die Geschichte der Karte.

Nachbar: „Piratenlegenden? Das hört sich nach Spaß an!"

Freunde sind skeptisch, aber auch fasziniert.

Freundin: „Könnte da wirklich ein Schatz sein?"

Nick: „Ich denke schon. Ich werde danach suchen."

Er sammelt Werkzeuge und Vorräte für die Schatzsuche.

Freund: „Sei vorsichtig, Nick. Das klingt nach einem echten Abenteuer."

Nick hört lokale Mythen über Piraten und Schätze.

Lokaler: „Die Legenden sind faszinierend. Viel Glück bei deiner Suche!"

Aufgeregt macht sich Nick auf den Weg.

Nick: „Die erste Spur führt zum alten Kirchhof."

Dort findet er eine versteckte Markierung.

Freundin: „Das ist aufregend! Was kommt als Nächstes?"

Jede Spur enthüllt mehr, und Nicks Aufregung wächst.

1. Aufgeregt: Excited
2. Aufregung: Excitement
3. Dachboden: Attic
4. Echt: Real
5. Entdeckung: Discovery
6. Erforscht: Explores
7. Erkunden: Explore
8. Erste: First
9. Faszinierend: Fascinating
10. Gefunden: Found
11. Glück: Luck
12. Kirchhof: Churchyard
13. Mal: Times
14. Mythen: Myths
15. Nächste: Next
16. Piraten: Pirates
17. Piratenlegenden: Pirate legends
18. Sachen: Things
19. Schatz: Treasure
20. Schatzkarte: Treasure map
21. Schatzsuche: Treasure hunt
22. Sei vorsichtig: Be careful
23. Skeptisch: Skeptical
24. Spaß: Fun
25. Spur: Clue
26. Staubiger: Dusty
27. Suchen: Search
28. Verrät: Reveals
29. Versteckte: Hidden
30. Vorräte: Supplies
31. Werkzeuge: Tools
32. Zeigt: Shows

2. Die Suche beginnt

Nick reist durch Cornwall und folgt der Karte.

Freundin: „Das ist eine lange Reise, Nick. Bist du sicher, dass es hier ist?"

Nick: „Ja, die Karte führt uns hierhin. Wir müssen nur durchhalten."

Die raue Landschaft stellt Herausforderungen dar.

Freund: „Der Weg sieht schwierig aus. Denkst du, das lohnt sich?"

Nick: „Ich hoffe es. Es muss einen Schatz geben."

Er entziffert geheimnisvolle Symbole auf der Karte.

Freundin: „Das sieht kompliziert aus. Kannst du das wirklich verstehen?"

Nick: „Ich versuche mein Bestes. Vielleicht kann uns jemand vor Ort helfen."

Einheimische, die die Legenden kennen, bieten Hilfe an.

Lokaler: „Sucht ihr nach dem Schatz? Ich kenne die Geschichten gut."

Nick: „Ja, kannst du uns helfen, die Symbole zu verstehen?"

Es gibt knifflige Situationen und Rückschläge.

Freund: „Das wird schwierig, Nick. Sollen wir aufgeben?"

Nick: „Nein, wir müssen weitermachen. Ich zweifle zwar, aber ich will es herausfinden."

Freunde ermutigen ihn, trotz der Zweifel weiterzumachen.

Freundin: „Nick, bleib dran! Vielleicht wartet eine Überraschung."

Nick findet eine neue Spur bei einer alten Piratenbucht.

Freund: „Sieht aus wie ein neuer Hinweis! Wo führt er hin?"

Nick: „Zu einer verborgenen Höhle. Hier auf der Karte erwähnt.“

Der Pfad zur Höhle ist gefährlich.

Freundin: „Das sieht riskant aus, Nick. Bist du sicher, dass wir hier durch sollen?“

Nick: „Wenn der Schatz hier ist, müssen wir da durch. Seid vorsichtig!“

In der Höhle entdeckt er alte Piratenartefakte.

Freund: „Das ist aufregend! Denkst du, wir sind dem Schatz näher?“

Nick: „Ja, das gibt mir Hoffnung. Vielleicht sind wir kurz davor, ihn zu finden.“

Sie verbringen eine Nacht in der Höhle, planen die nächsten Schritte.

Freundin: „Schau mal, da an der Wand! Alte Schriften. Zeigen die zum Schatz?“

Nick: „Es sieht so aus. Das erneuert meinen Entschluss. Wir werden den Schatz finden!“

1. Bucht: Bay
2. Da durch: Through there
3. Da hin: There
4. Dran bleiben: To stick with it
5. Durchhalten: To persevere
6. Entdeckt: Discovers
7. Entschluss: Decision
8. Erneuert: Renews
9. Erwartet: Awaits
10. Gefährlich: Dangerous
11. Gefunden: Found
12. Gehören: Belongs
13. Hoffnung: Hope
14. Höhle: Cave

15. Hinweis: Clue
16. Hinzufügen: To add
17. Karte: Map
18. Klar: Clear
19. Knifflig: Tricky
20. Kompliziert: Complicated
21. Lohnt sich: Is worth it
22. Malen: To paint
23. Näher: Closer
24. Nochmal: Again
25. Ortskundig: Local
26. Pfad: Path
27. Raue: Rough
28. Rückschlag: Setback
29. Schatz: Treasure
30. Schätze: Treasures
31. Schauen: To look
32. Sehen: To see
33. Sieht aus: Looks like
34. Situationen: Situations
35. Spur: Trace
36. Treffen: To meet
37. Vorsichtig: Cautious

3. Unerwartete Herausforderungen

Die Hinweise werden komplexer und anspruchsvoller.

Freund: „Diese Hinweise sind schwieriger, oder?"

Nick: „Ja, sie werden kniffliger. Aber wir dürfen nicht aufgeben."

Schlechtes Wetter behindert die Suche.

Freundin: „Das Wetter spielt nicht mit. Sollen wir eine Pause machen?"

Nick: „Nein, wir müssen weitermachen. Das ist nur eine weitere Herausforderung."

Einige Einheimische sind skeptisch.

Lokaler: „Ein Schatz? Das glaube ich nicht. Ihr verschwendet eure Zeit."

Nick: „Vielleicht, aber ich will es herausfinden. Glaubt weiter an mich!"

Er verirrt sich, findet aber wieder zurück.

Freund: „Nick, wir haben uns verlaufen! Was machen wir jetzt?"

Nick: „Keine Sorge, ich erinnere mich. Wir müssen nur auf den richtigen Weg zurück."

Gefährliche Begegnungen mit Wildtieren.

Freundin: „Oh nein, ein wildes Tier! Was tun wir jetzt?"

Nick: „Ruhig bleiben. Es wird uns nicht angreifen, wenn wir uns zurückziehen."

Die Karte offenbart geheime Details.

Freund: „Hast du das bemerkt? Die Karte hat versteckte Details."

Nick: „Gut beobachtet! Das könnte uns helfen, die nächsten Hinweise zu verstehen."

Die Karte hat eine historische Verbindung.

Freund: „Hier steht etwas über einen berühmten Piraten. Was bedeutet das für uns?"

Nick: „Es könnte bedeuten, dass wir uns an seinen Spuren orientieren müssen. Lasst uns forschen!"

Eine leichte Verletzung hält ihn nicht auf.

Freund: „Du blutest! Vielleicht sollten wir aufhören und Hilfe holen."

Nick: „Es ist nur eine kleine Verletzung. Wir haben keine Zeit zu verlieren. Weiter geht's!"

Ein mysteriöser Fremder gibt wertvolle Informationen.

Fremder: „Ihr sucht den Schatz, nicht wahr? Ich kann euch helfen.“

Nick: „Wirklich? Erzähl uns alles, was du weißt!“

Ein Wettlauf gegen die Zeit beginnt.

Freund: „Ich habe das Gefühl, die Zeit rennt uns davon. Was ist unser nächster Schritt?“

Nick: „Wir müssen schneller werden. Jeder Moment zählt. Lasst uns weitergehen!“

Er überprüft frühere Hinweise auf verpasste Details.

Freundin: „Was machst du da? Wir haben das doch schon überprüft.“

Nick: „Manchmal übersieht man etwas. Hier könnte der Schlüssel liegen.“

Eine entscheidende Entdeckung an einer Küstenklippe.

Freund: „Wow, schau mal! Das sieht wichtig aus. Was könnte das sein?“

Nick: „Ich denke, wir sind kurz vor der Lösung. Lass uns dem nachgehen!“

Er riskiert alles, um dem nächsten Hinweis zu folgen.

Freund: „Das sieht gefährlich aus, Nick. Sollen wir das wirklich tun?“

Nick: „Wenn wir den Schatz finden wollen, müssen wir jedes Risiko eingehen. Hier geht's lang!“

Er fühlt sich am Rande einer bedeutenden Entdeckung.

Freundin: „Ich spüre, dass wir kurz davor stehen, den Schatz zu finden. Faszinierend!“

Nick: „Ja, es fühlt sich an, als wären wir dem Ziel ganz nah. Ich kann es kaum erwarten!“

1. Anspruchsvoller: More demanding

2. Aufgeben: To give up
3. Bedeutet: Means
4. Begegnungen: Encounters
5. Beobachtet: Observed
6. Berühmten: Famous
7. Berührt: Touched
8. Bisher: So far
9. Blutet: Bleeds
10. Bemerkte: Noticed
11. Bietet: Offers
12. Drängt: Rushes
13. Durchziehen: To pull through
14. Einheimische: Locals
15. Entdeckung: Discovery
16. Entschuldigt: Excuses
17. Entwickelt: Develops
18. Erforschen: To explore
19. Erinnere mich: Remember
20. Erinnert: Reminds
21. Erneute: Renewed
22. Erwartet: Expects
23. Fehler: Mistake
24. Forschen: To research
25. Forschung: Research
26. Frühere: Previous
27. Fühlt sich: Feels
28. Führen: To lead
29. Gefunden: Found
30. Geheime: Secret
31. Geheimnisvoller: Mysterious
32. Gelassen: Left
33. Gemeinsam: Together
34. Gespürt: Felt
35. Gewinnen: To win
36. Gewitter: Thunderstorm
37. Gib nicht auf: Don't give up
38. Hält ihn nicht auf: Doesn't stop him
39. Hinweis: Clue

40. Jedoch: However
41. Keine Zeit zu verlieren: No time to lose
42. Kein Ende in Sicht: No end in sight
43. Kenne: Know
44. Kerzenlicht: Candlelight
45. Klettert: Climbs
46. Klippe: Cliff
47. Kommt voran: Makes progress
48. Küste: Coast
49. Läuft davon: Runs away
50. Liegt: Lies
51. Lohnt sich: Is worth it
52. Lösung: Solution
53. Meinte: Meant
54. Meinung: Opinion
55. Nachgehen: To follow
56. Nachsehen: To check
57. Nah: Close
58. Näher: Closer
59. Nähe: Near
60. Nächste: Next
61. Nützlich: Useful
62. Oben: Above
63. Obwohl: Although
64. Offenbart: Reveals
65. Orientieren: To orientate

4. Der Höhepunkt

Freund: „Schau mal, wir sind also an der letzten Stelle auf der Karte angekommen."

Nick: „Ja, das ist der Ort. Hier müssen wir graben."

Freundin: „Die Schatzsuche wird jetzt wirklich aufregend."

Nick: „Lasst uns mit der intensiven Grabung beginnen."

Freund: „Was sind das für Hindernisse hier? Diese Felsen sehen schwer aus."

Nick: „Ja, wir werden einige physische und emotionale Herausforderungen bewältigen müssen."

Freundin: „Aber ich bin sicher, wir schaffen das. Schau, Nick, da ist ein Durchbruch!"

Nick: „Endlich! Wir haben Zugang zu einer verborgenen Kammer."

Freund: „Oh wow, schau dir das an! Ist das der Schatz?"

Nick: „Ja, das ist er! Wir haben den Piratenschatz gefunden."

Freundin: „Ich kann kaum glauben, wie viel Reichtum hier ist. Du musst vor Freude überwältigt sein."

Nick: „Ja, das bin ich wirklich. Es ist unglaublich!"

Freund: „Lasst uns feiern! Das hier ist ein unglaublicher Fund!"

Nick: „Wir sollten. Es ist Zeit, zu feiern und glücklich zu sein."

Medienvertreter: „Entschuldigen Sie, können wir Ihnen einige Fragen stellen? Die Welt will von Ihrer Entdeckung erfahren!"

Nick: „Oh, ich hätte nicht gedacht, dass so viele Leute sich dafür interessieren würden."

Freundin: „Du wirst berühmt, Nick! Dein Name wird überall sein."

Nick: „Berühmt zu sein ist nett, aber es gibt auch Debatten über den Besitz des Schatzes."

Freund: „Oh nein, rechtliche Probleme? Das wollen wir nicht."

Nick: „Ja, es gibt Diskussionen darüber. Aber jetzt stehe ich vor einer moralischen Zwickmühle."

Freundin: „Was wirst du tun?"

Nick: „Ich habe beschlossen, einen Teil des Schatzes für den historischen Erhalt zu spenden."

Freund: „Eine großartige Entscheidung. Die Leute werden dich bewundern."

Nick: „Ich hoffe es. Diese Reise hat mein Leben verändert."

Freundin: „Es war wirklich lebensverändernd. Du bist nicht mehr der gleiche Nick."

Nick: „Und das ist gut so. Ich freue mich darauf, wie sich mein Leben weiterentwickeln wird."

1. Angekommen: Arrived
2. Besitz: Possession
3. Bewältigen: To overcome
4. Bewundern: Admire
5. Berühmt: Famous
6. Debatte: Debate
7. Durchbruch: Breakthrough
8. Endlich: Finally
9. Entdeckung: Discovery
10. Entschuldigen: To excuse
11. Entschlossen: Determined
12. Entwickeln: To develop
13. Erhalten: To preserve
14. Erregt: Excited
15. Erwartung: Expectation
16. Feiern: To celebrate
17. Freuen: To be glad
18. Freut sich: Delighted
19. Fund: Find
20. Herausforderungen: Challenges
21. Historischen: Historical
22. Höhepunkt: Climax
23. Hindernisse: Obstacles
24. Hinzufügen: To add
25. Intensiv: Intense
26. Kammer: Chamber
27. Karte: Map
28. Lebensverändernd: Life-changing
29. Lebensentwicklung: Life development
30. Lösen: To solve
31. Medienvertreter: Media representative
32. Physische: Physical

33. Piratenschatz: Pirate treasure
34. Rechtliche: Legal
35. Reizvoll: Charming
36. Schatzsuche: Treasure hunt
37. Schauen: To look
38. Schwer: Heavy
39. Schwerkraft: Gravity
40. Sieht aus: Looks like
41. Spannend: Exciting
42. Spaten: Shovel
43. Spenden: To donate
44. Stelle: Spot
45. Strecke: Distance
46. Überwältigt: Overwhelmed
47. Unglaublich: Unbelievable
48. Unruhig: Restless
49. Untersuchen: To examine
50. Unterwegs: On the way
51. Verändert: Changed
52. Verbindung: Connection
53. Verbreiten: To spread
54. Verbunden: Connected
55. Verborgenen: Hidden
56. Verhalten: Behavior
57. Verloren: Lost
58. Verschwendung: Waste
59. Versprochen: Promised
60. Versteckte: Hidden
61. Verwenden: To use
62. Vorräte: Supplies
63. Wahrnehmen: To perceive
64. Wahrheit: Truth
65. Zwickmühle: Dilemma

5. Die Nachwirkungen

Freund: „Nick, wie fühlst du dich jetzt, nachdem du diesen Schatz gefunden hast?"

Nick: „Es ist verrückt! Mein Leben hat sich total verändert. Ich muss mich an diesen neuen Lebensstil gewöhnen."

Freundin: „Du hast jetzt so viel Ruhm. Wie gehst du damit um?"

Nick: „Es ist nicht einfach, aber ich versuche, damit umzugehen. Ich möchte nicht, dass es mich verändert."

Freund: „Ich sehe, du bleibst weiterhin deiner Leidenschaft für Erkundungen und Geschichte treu."

Nick: „Auf jeden Fall! Das ist das, was mich glücklich macht. Ich möchte weiterhin die Welt erkunden."

Freundin: „Hey, hast du schon über einen Buchvertrag nachgedacht? Du könntest deine Geschichte teilen."

Nick: „Ja, tatsächlich habe ich schon einen Buchvertrag bekommen. Ich denke, das könnte interessant sein."

Freund: „Das wird sicherlich spannend für die Leser. Deine Reise von Anfang bis Ende."

Nick: „Ich hoffe, es wird inspirierend sein. Ich denke auch darüber nach, wie ich mit meinem plötzlichen Reichtum Gutes tun kann."

Freundin: „Charity-Arbeit? Das klingt nach einer großartigen Idee."

Nick: „Genau. Ich möchte etwas zur historischen Forschung und Erhaltung beitragen."

Freund: „Das wird sicherlich einen positiven Einfluss haben. Du könntest auch öffentliche Vorträge halten."

Nick: „Das ist eine gute Idee. Ich möchte andere dazu inspirieren, ihren Träumen zu folgen."

Freundin: „Wie gehst du mit der Berühmtheit um? Die Leute erkennen dich jetzt überall."

Nick: „Es ist manchmal überwältigend, aber ich versuche, normal zu bleiben. Ich habe immer noch die gleichen Werte."

Freund: „Was steht als Nächstes auf deiner Agenda? Weitere Abenteuer?"

Nick: „Absolut! Ich plane schon meine nächsten Erkundungen. Es hört hier nicht auf."

Freundin: „Denkst du manchmal an die Vergangenheit? An deine bescheidenen Anfänge?"

Nick: „Oh ja, oft. Das erinnert mich daran, woher ich komme. Es ist wichtig, bodenständig zu bleiben."

Freund: „Wie geht es dir mit neuen Beziehungen in deinem veränderten Leben?"

Nick: „Es ist aufregend, neue Menschen kennenzulernen. Ich denke, es wird eine interessante Reise sein."

Freundin: „Du bist wirklich zu einem anderen Menschen geworden durch diese Erfahrungen."

Nick: „Ja, definitiv. Ich habe so viel persönliches Wachstum erlebt. Ich freue mich auf die Zukunft!"

Freund: „Und wir freuen uns darauf, zu sehen, was du als Nächstes erreichst, Nick!"

1. Agenda: Schedule
2. Beziehungen: Relationships
3. Berühmtheit: Fame
4. Berühren: To touch
5. Bescheiden: Humble
6. Bleiben: To stay
7. Bodenständig: Down-to-earth
8. Buchvertrag: Book contract
9. Einfluss: Influence
10. Einzigartig: Unique
11. Erfahrungen: Experiences
12. Erinnern: To remember

13. Erkennen: To recognize
14. Erkundungen: Explorations
15. Erreichen: To achieve
16. Erwartung: Expectation
17. Fühlen: To feel
18. Führung: Leadership
19. Gedanke: Thought
20. Gehören: To belong
21. Gehört: Belongs
22. Genießen: To enjoy
23. Glaube: Belief
24. Glauben: To believe
25. Grundlegend: Fundamental
26. Hängen: To hang
27. Herausforderung: Challenge
28. Jugendlich: Youthful
29. Klingen: To sound
30. Lebensstil: Lifestyle
31. Leidenschaft: Passion
32. Lohnend: Rewarding
33. Menschlich: Human
34. Menschlichkeit: Humanity
35. Nachdenken: To reflect
36. Nachgedacht: Reflected
37. Nachwirkungen: Aftermath
38. Pioniere: Pioneers
39. Privilegien: Privileges
40. Public Relations: Public relations
41. Reiseziele: Destinations
42. Reizvoll: Attractive
43. Ruhm: Glory
44. Schicksal: Destiny
45. Sich fühlen: To feel
46. Sich gewöhnen: To get used to
47. Sich verändern: To change
48. Sich vorstellen: To imagine
49. Spannend: Exciting
50. Spenden: To donate

51. Standhaft: Steadfast
52. Teilnehmen: To participate
53. Teilnehmen: Participation
54. Trennen: To separate
55. Unvergesslich: Unforgettable
56. Veränderung: Change
57. Verhalten: Behavior
58. Verloren: Lost
59. Vermeiden: To avoid
60. Verstehen: To understand
61. Verändert: Changed
62. Vergangenheit: Past
63. Vertrauen: Trust
64. Verwöhnt: Spoiled
65. Vorstellen: To imagine
66. Wachsen: To grow
67. Weitere: Further
68. Wohlhabend: Wealthy
69. Zurückblicken: To look back

Die Diamanten

1. Der Zufallsfund

Lilith arbeitet normalerweise in einem kleinen Antiquitätenladen und führt ein gewöhnliches Leben.

Eines Tages macht sie einen ganz besonderen Fund – eine alte Halskette mit einem geheimnisvollen Anhänger.

Nach genauerer Untersuchung stellt sich heraus, dass der Anhänger Diamanten enthält.

Die Vorstellung, reich zu werden, wenn sie die Diamanten verkauft, beginnt in Liliths Kopf zu keimen.

Sie beschließt, sich mit ihrem Freund Max über ihren aufregenden Fund zu unterhalten.

Max äußert Bedenken und warnt Lilith vor den Gefahren des illegalen Diamantenhandels.

Trotz Max' Warnung verlockt Lilith die Idee des Reichtums, und sie beschließt, die Diamanten zu verkaufen.

Die ersten Versuche, die Diamanten online zu verkaufen, erweisen sich als schwieriger als erwartet.

Plötzlich tauchen Fremde auf, die großes Interesse an Liliths Entdeckung zeigen.

Die Bedrohung durch die Fremden bestätigt Max' Warnung, und Lilith gerät in eine gefährliche Situation.

Um sich zu schützen, erkennt Lilith, dass sie professionelle Hilfe benötigt.

Sie nimmt Kontakt mit der örtlichen Polizei auf und teilt ihre Geschichte.

Die Polizei bietet Lilith Schutz und verspricht, die Diamantenschmuggler zu fassen.

Die Medien werden auf Liliths Geschichte aufmerksam, und es entsteht ein öffentliches Interesse.

Während Lilith über die Ereignisse nachdenkt, wird ihr klar, wie ihre einfache Entdeckung zu einem großen Abenteuer geworden ist.

1. Bedenken: Concerns
2. Besonderen: Special
3. Bestimmung: Determination
4. Diamanten: Diamonds
5. Diamantenschmuggler: Diamond smugglers
6. Entdeckung: Discovery
7. Ereignisse: Events
8. Fund: Find
9. Gefahr: Danger
10. Gefährliche: Dangerous
11. Geheimnisvollen: Mysterious
12. Idealen: Ideal
13. Illegalen: Illegal
14. Kopf: Head
15. Nachdenken: To reflect
16. Öffentliche: Public
17. Reichtum: Wealth
18. Schwieriger: More difficult

2. Unter Polizeischutz

Lilith wird von der Polizei an einen sicheren Ort gebracht, um ihre Sicherheit zu gewährleisten.

Die Polizei führt ein Verhör durch und befragt Lilith intensiv über die Hintergründe ihres Diamantenfundes.

In einer erfolgreichen Operation nimmt die Polizei die Diamantenschmuggler fest.

Die Medien berichten ausführlich über die Festnahme und Liliths mutige Geschichte.

Um mögliche Racheakte der Schmuggler zu verhindern, lebt Lilith vorübergehend unter Polizeischutz.

Dankbar für den Schutz durch die Polizei versucht Lilith, sich an die neue Situation anzupassen.

Max steht Lilith weiterhin zur Seite und bietet Unterstützung in dieser schwierigen Zeit.

Lilith entwickelt allmählich Vertrauen in die Polizei und ihre Fähigkeit, sie zu schützen.

Die Medien interessieren sich für Liliths Geschichte und bitten um Interviews über ihre Erfahrungen.

Die Öffentlichkeit bewundert Lilith für ihre Tapferkeit, sich den Diamantenschmugglern zu stellen.

Als Anerkennung für ihre Hilfe bei der Aufklärung des Schmuggels erhält Lilith eine Belohnung.

Die Geschichte nimmt eine überraschende Wendung, als Lilith ein weiteres Geheimnis entdeckt.

Lilith überlegt, wie sie die neu gewonnene Belohnung nutzen kann, um ihr Leben zu verbessern.

Sie schmiedet Pläne für die Zukunft, die nicht mehr nur von Reichtum handeln, sondern von neuen Perspektiven.

Dankbar für das unerwartete Abenteuer, reflektiert Lilith über die Veränderungen in ihrem Leben.

1. Anerkennung: Recognition
2. Aufklärung: Clarification
3. Belohnung: Reward
4. Bewundert: Admired
5. Dankbar: Grateful
6. Diamantenfund: Diamond discovery
7. Diamantenschmuggler: Diamond smugglers
8. Erfahrungen: Experiences
9. Fähigkeit: Ability
10. Festnahme: Arrest
11. Geheimnis: Secret
12. Hintergründe: Backgrounds

13. Möglichkeit: Possibility
14. Mutige: Brave
15. Racheakte: Revenge acts
16. Reichtum: Wealth
17. Schmiedet: Forges
18. Schutz: Protection
19. Sicherheit: Safety
20. Sich anpassen: Adapt
21. Sich stellen: Confront
22. Surprising: Überraschende
23. Tapferkeit: Bravery
24. Unter Polizeischutz: Under police protection
25. Unterstützung: Support
26. Unerwartete: Unexpected
27. Veränderungen: Changes
28. Verhör: Interrogation
29. Vertrauen: Trust
30. Wendung: Turn of events

3. Die Unerwartete Enthüllung

Lilith entdeckt ein weiteres Geheimnis, das mit den Diamanten in Verbindung steht.

„Was ist das für ein seltsames Symbol auf dem Anhänger?", murmelt Lilith leise vor sich hin.

Durch Recherchen stößt sie auf eine Verschwörung, die hinter den Diamanten steckt.

In einem Gespräch mit Max teilt sie ihm besorgt ihre Entdeckung mit.

Max warnt sie: „Du musst aufpassen, Lilith. Das klingt gefährlich!"

Lilith fühlt sich bedroht und entwirft einen Fluchtplan, um sich zu schützen.

„Es gibt da jemanden, dem ich vertraue. Er kann uns helfen", erklärt sie Max.

Gemeinsam planen sie, Liliths Spuren zu verwischen, um nicht von den Verschwörern aufgespürt zu werden.

„Wir müssen schnell handeln", sagt Max besorgt, während sie letzte Vorbereitungen treffen.

Lilith nimmt Abschied von ihrem bisherigen Leben, nicht wissend, was die Zukunft bringt.

„Es wird alles gut, Lilith. Vertrau mir", versichert Max ihr, als sie sich auf den Weg machen.

Gemeinsam setzen sie den Fluchtplan in die Tat um, und Lilith taucht an einem geheimen Ort unter.

Die Verschwörer stehen vor einem Rätsel, als Lilith wie vom Erdboden verschwunden scheint.

Lilith verspürt Erleichterung, aber auch Unsicherheit über ihre Entscheidungen.

„Wir haben das Richtige getan, Lilith. Jetzt kannst du in Sicherheit leben", sagt Max aufmunternd.

Nach und nach gewinnt Lilith Vertrauen in ihre Entscheidung, sich den Verschwörern entgegenzustellen.

Sie beginnt, sich an ihr neues Leben zu gewöhnen, fernab von Gefahr und Verfolgung.

Trotz allem hofft sie darauf, eines Tages ein normales Leben führen zu können.

1. Abschied: Farewell
2. Bedroht: Threatened
3. Besorgt: Worried
4. Entdeckung: Discovery
5. Entgegenstellen: Confront
6. Enthüllung: Revelation
7. Erdboden: Ground
8. Erleichterung: Relief
9. Fluchtplan: Escape plan
10. Forschungen: Research

11. Gespräch: Conversation
12. Gewöhnen: Get used to
13. Klingen: Sound
14. Leise: Quietly
15. Murmelt: Murmurs
16. Nicht wissend: Unaware
17. Rätsel: Puzzle
18. Sicherheit: Safety
19. Sich schützen: Protect oneself
20. Sieht gefährlich: Looks dangerous
21. Spuren: Traces
22. Stößt auf: Comes across
23. Tat: Action
24. Taucht unter: Goes into hiding
25. Unerwartete: Unexpected
26. Unsicherheit: Uncertainty
27. Unterwegs: On the way
28. Unterzeichnungen: Signatures
29. Verbindung: Connection
30. Verfolgung: Pursuit
31. Vertraue mir: Trust me
32. Vertrauen: Trust
33. Verschwörer: Conspirators
34. Verschwunden: Disappeared
35. Vorbereitungen: Preparations
36. Weiteres: Further

4. Die Unerwartete Wendung

Lilith nimmt eine neue Identität an, um unentdeckt zu bleiben.

„Ich werde jetzt Emma sein", flüstert sie zu sich selbst, während sie sich in ihrem neuen Versteck einrichtet.

Max schaut sie an und sagt: „Emma, du hast so viel Mut gezeigt. Du wirst das schaffen."

Sie schauen gemeinsam auf ihre bisherigen Erfahrungen zurück und lernen aus den Entscheidungen, die sie getroffen haben.

„Ich hätte nie gedacht, dass mein Leben so aufregend sein könnte", sagt Lilith und lacht.

Lilith entwickelt sich weiter, gestärkt durch ihre Abenteuer.

„Wer hätte gedacht, dass aus einer einfachen Halskette so viel entstehen würde?", meint Max nachdenklich.

Eine unerwartete Person bietet Lilith Hilfe an, um die Verschwörung zu durchkreuzen.

„Du bist nicht allein, Emma. Wir werden das gemeinsam durchstehen", versichert ihr der Unbekannte.

Gemeinsam beginnen sie, die Hintergründe der Verschwörung aufzudecken.

„Diese Verschwörung geht tiefer, als wir dachten. Wir müssen vorsichtig sein", warnt der Unbekannte.

Lilith muss entscheiden, wem sie in dieser gefährlichen Mission vertrauen kann.

„Ich vertraue dir, Emma. Du hast den Mut, die Wahrheit ans Licht zu bringen", sagt Max.

Es zeigt sich, dass die Verschwörung tiefere Verbindungen hat als gedacht.

„Das ist größer, als wir uns vorgestellt haben. Aber wir werden nicht aufgeben", sagt Lilith entschlossen.

Lilith und ihre Verbündeten stehen vor einem entscheidenden Moment, um die Wahrheit aufzudecken.

„Jetzt oder nie. Wir müssen handeln", sagt der Unbekannte und blickt Lilith ernst an.

Die Konfrontation mit den Verschwörern erreicht ihren Höhepunkt.

„Wir wissen, was Sie tun. Das Spiel ist vorbei", ruft Lilith den Verschwörern entgegen.

Wichtige Enthüllungen kommen ans Licht, die Liliths Leben erneut verändern.

„Das ist der Schlüssel zu allem. Wir haben es geschafft“, sagt der Unbekannte erleichtert.

Lilith erfährt eine Art Erlösung, als die Verschwörer entlarvt werden.

„Danke, dass du mir geholfen hast. Du bist mein Held“, sagt Lilith zu ihrem Verbündeten.

Dankbar für die Hilfe ihrer Verbündeten beginnt Lilith, ihr Vertrauen in andere Menschen wiederzugewinnen.

„Wir haben eine echte Freundschaft geschlossen, Emma“, sagt Max lächelnd.

Langsam kehrt Lilith zu einer gewissen Normalität zurück.

„Ich kann es kaum glauben, dass alles vorbei ist“, sagt Lilith erleichtert.

Sie reflektiert über ihre Reise, die sie durch Höhen und Tiefen geführt hat.

„Ich bin stärker geworden, und ich weiß, dass ich alles schaffen kann“, sagt Lilith selbstbewusst.

Lilith blickt in die Zukunft, bereit für neue Abenteuer und Herausforderungen.

„Das ist nicht das Ende, sondern ein neuer Anfang“, sagt sie zu sich selbst, voller Hoffnung.

1. Alles vorbei: All over
2. Anblick: Sight
3. Anfang: Beginning
4. Ans Licht: To light
5. Aufgeben: Give up
6. Aufregend: Exciting
7. Bedanken: Thank
8. Bekenntnis: Revelation
9. Blickt in die Zukunft: Looks into the future
10. Der Mut: Courage
11. Durchkreuzen: Thwart

12. Echter Anfang: Real beginning

13. Einrichten: Set up

14. Einschüchterung: Intimidation

15. Eine Art: A kind of

16. Eine neue Identität: A new identity

17. Eine echte Freundschaft: A real friendship

18. Eine gewisse Normalität: A certain normality

19. Eine unerwartete Person: An unexpected person

20. Entscheidende Moment: Decisive moment

21. Entdecken: Discover

22. Entschlossen: Determined

23. Enttarnt: Exposed

24. Entwickeln: Develop

25. Entwirft: Designs

26. Erfahrungen: Experiences

27. Erleichtert: Relieved

28. Erneut verändern: Change again

29. Erlösung: Redemption

30. Ermutigen: Encourage

31. Erschöpft: Exhausted

32. Erwartet: Expected

33. Erwähnt: Mentioned

34. Geheimnis: Secret

35. Geholfen: Helped

36. Gemeinsam durchstehen: Go through together

37. Glauben: Believe

38. Größer: Bigger

39. Halskette: Necklace

40. Handeln: Act

41. Hat gezeigt: Has shown

42. Hebt hervor: Highlights

43. Höhepunkt: Climax

44. Höhen und Tiefen: Highs and lows

45. Hoffnung: Hope

5. Der Neubeginn

Lilith kehrt in die Gesellschaft zurück, nun sicher vor den Verschwörern.

„Es fühlt sich gut an, wieder ein normales Leben zu führen", sagt Lilith zu ihrem Freund Max.

Sie bedankt sich bei denen, die ihr geholfen haben, die Verschwörung aufzudecken.

„Ohne euch wäre ich verloren gewesen. Danke für eure Unterstützung", sagt Lilith zu ihren Helfern.

Lilith erhält Anerkennung und sogar eine staatliche Belohnung für ihre Tapferkeit.

„Für deine Tapferkeit und Entschlossenheit überreichen wir dir diese Auszeichnung", sagt ein Vertreter des Staates.

Mit dem erlangten Wissen über die Verschwörung plant Lilith, sich neuen Perspektiven zu öffnen.

„Ich möchte etwas Gutes aus all dem machen, vielleicht anderen helfen", überlegt Lilith laut.

Ihre Geschichte wird zur Inspiration für andere, die sich gegen Unrecht erheben.

„Du bist ein Vorbild für viele, Lilith. Deine Geschichte motiviert uns alle", sagt Max stolz.

Die Medien interessieren sich erneut für Lilith, diesmal als Heldin.

„Wir würden gerne deine Geschichte teilen. Bist du bereit für Interviews?", fragt ein Reporter höflich.

Lilith gibt Interviews über ihre Erfahrungen und teilt ihre Erkenntnisse.

„Ich hoffe, dass meine Geschichte anderen Mut macht, für das Richtige einzustehen", sagt Lilith nachdenklich.

Sie schmiedet Pläne für ihre Zukunft, diesmal vorsichtiger und überlegter.

„Ich werde mir Zeit lassen und Schritt für Schritt vorangehen", sagt Lilith entschlossen.

Lilith hat sich durch die Erfahrungen weiterentwickelt und ist stärker geworden.

„Ich hätte nie gedacht, dass ich so viel Stärke in mir habe. Manchmal muss man durch Dunkelheit gehen, um ins Licht zu gelangen", sagt sie nachdenklich.

Sie schätzt das Leben und die Freiheit nun noch mehr.

„Jeder Tag ist ein Geschenk. Das habe ich gelernt", sagt Lilith dankbar.

Lilith knüpft neue Beziehungen, die auf Vertrauen und Zusammenhalt basieren.

„Es ist schön, Menschen um mich zu haben, die mich verstehen und unterstützen", sagt Lilith lächelnd.

Sie lässt endgültig die Vergangenheit hinter sich und schaut optimistisch in die Zukunft.

„Die Vergangenheit hat mich geprägt, aber ich lasse nicht zu, dass sie mein Glück beeinflusst", sagt Lilith zuversichtlich.

Lilith behält die Erinnerung an ihr aufregendes Abenteuer als kostbares Kapitel in ihrem Leben.

„Es war ein Abenteuer, das mich gelehrt hat, wer ich wirklich bin", sagt Lilith und lächelt, während sie in die Zukunft blickt.

1. Anerkennung: Recognition
2. Auszeichnung: Award
3. Bedanken: Thank
4. Beeinflusst: Influenced
5. Beziehung: Relationship
6. Dunkelheit: Darkness
7. Durchblicken: See through
8. Echt: Real
9. Entscheiden: Decide
10. Entschlossenheit: Determination

11. Entwickeln: Develop
12. Erhalten: Receive
13. Erfahrung: Experience
14. Erheben: Rise
15. Erinnerung: Memory
16. Erkenntnis: Insight
17. Ermutigen: Encourage
18. Erneut: Again
19. Erreichen: Achieve
20. Erwartung: Expectation
21. Freundlich: Polite
22. Gedanke: Thought
23. Gelehrt: Taught
24. Geschenk: Gift
25. Gewonnen: Won
26. Glaube: Faith
27. Hinterlassen: Leave behind
28. Höhepunkt: Climax
29. Inspirieren: Inspire
30. Kosten: Cost
31. Kostbar: Precious
32. Maximieren: Maximize
33. Mut: Courage
34. Nachdenken: Reflect
35. Nachvollziehbar: Understandable
36. Prägen: Shape
37. Sich anpassen: Adapt
38. Sicherheit: Safety
39. Stärke: Strength
40. Stolz: Proud
41. Tapferkeit: Bravery
42. Teil: Part
43. Unrecht: Injustice
44. Unterstützen: Support
45. Unterwegs: On the way
46. Veränderung: Change
47. Verdecken: Cover
48. Verhalten: Behavior

49. Vergangenheit: Past
50. Verlassen: Leave
51. Verstärken: Reinforce
52. Vertrauen: Trust
53. Vorsichtig: Cautious
54. Warten: Wait
55. Weiterentwickeln: Evolve
56. Wendung: Turn

Ein Betrüger

1. Oskars Trickbetrug

Das Telefon klingelte in Stefans gemütlicher Wohnung. Er nahm den Hörer ab, ohne zu ahnen, dass sein Leben bald auf den Kopf gestellt werden würde.

„Guten Tag, hier spricht Oskar von Ihrer Bank. Es gibt ein Problem mit Ihrem Konto. Können Sie mir bitte Ihre Kontoinformationen geben?" Oskar klang freundlich, aber er hatte Böses im Sinn.

Stefan, nichtsahnend, erklärte bereitwillig seine Kontodaten. Oskar lachte leise vor sich hin, als er die Informationen aufzeichnete.

Am nächsten Tag erkannte Stefan, dass etwas nicht stimmte. Sein hart verdientes Geld war verschwunden. Verzweifelt erzählte er seinem Freund von dem Betrug.

„Das ist schlimm, Stefan. Aber ich kenne jemanden, der sich auf solche Dinge spezialisiert hat. Er könnte uns helfen", schlug der Freund vor.

Stefan willigte ein, denn er wollte Gerechtigkeit. Gemeinsam planten sie, Oskar in seine eigenen Fallen zu locken und das gestohlene Geld zurückzuholen.

In den folgenden Tagen verfolgte Stefan Oskar, um seine Rachepläne in die Tat umzusetzen. Das Katz-und-Maus-Spiel hatte begonnen.

1. Ahnen: Suspect
2. Bald: Soon
3. Betrüger: Swindler
4. Böses: Evil
5. Einwilligen: Agree
6. Fallen: Traps
7. Freundlich: Friendly
8. Gerechtigkeit: Justice

9. Gestohlen: Stolen
10. Katz-und-Maus-Spiel: Cat-and-mouse game
11. Klingen: Sound
12. Kontoinformationen: Account information
13. Kopf gestellt: Turned upside down
14. Lachen: Laugh
15. Leise: Quiet
16. Leben: Life
17. Nichtsahnend: Unaware
18. Nächsten Tag: Next day
19. Problem: Problem
20. Rachepläne: Revenge plans
21. Spricht: Speaks
22. Spezialisiert: Specialized
23. Spiel: Game
24. Stimmte: Agreed
25. Telefon: Telephone
26. Trickbetrug: Fraud
27. Verfolgen: Pursue
28. Verzweifelt: Desperate
29. Vorschlagen: Suggest
30. Vorstellen: Imagine
31. Wollen: Want
32. Wohnung: Apartment

2. Stefans Plan

Stefan war wütend, als er über den Betrug nachdachte. „Das darf nicht ungestraft bleiben", dachte er. Entschlossen, Oskar eine Lektion zu erteilen, begann er zu recherchieren und einen Plan zu schmieden.

Seine Freunde waren besorgt und warnten ihn vor den Gefahren. „Stefan, sei vorsichtig. Das könnte gefährlich werden", sagte einer seiner Freunde.

Aber Stefan war fest entschlossen. „Ich lasse mir nicht mein hart verdientes Geld stehlen. Ich werde diesen Schwindler stoppen", erklärte er entschlossen.

Um Oskar in seine eigenen Fallen zu locken, entwickelte Stefan eine List. „Ich werde genauso schlau wie er sein", dachte er sich. Er stellte sich vor, wie süß die Rache schmecken würde, und das trieb ihn weiter an.

Um genauso überzeugend wie Oskar zu klingen, übte Stefan Telefongespräche. „Du darfst keine Angst zeigen", sagte er zu sich selbst. Die Spannung stieg, als er seinen Plan weiter ausarbeitete.

Stefan war bereit, den Betrüger zu überlisten und sein gestohlenes Geld zurückzufordern. Das Katz-und-Maus-Spiel ging weiter, und Stefan war entschlossen zu gewinnen.

1. Besorgt: Worried
2. Betrüger: Swindler
3. Bevor: Before
4. Darf nicht: Must not
5. Denken: Think
6. Entschlossen: Determined
7. Erklären: Explain
8. Fallen: Traps
9. Fortsetzen: Continue
10. Forschen: Research
11. Freunde: Friends
12. Gefahr: Danger
13. Genauso: Just as
14. Gestohlen: Stolen
15. Gewinnen: Win
16. Katz-und-Maus-Spiel: Cat-and-mouse game
17. Klingen: Sound
18. Lassen: Allow
19. Liste: List
20. Locken: Lure
21. Recherchieren: Investigate
22. Rache: Revenge
23. Recht: Right
24. Schmecken: Taste
25. Schlau: Clever

26. Schmieden: Forge
27. Schwindler: Trickster
28. Spannung: Tension
29. Speisen: Dine
30. Stehlen: Steal
31. Stieg: Rose
32. Stoppen: Stop
33. Süß: Sweet
34. Telefongespräche: Phone calls
35. Tödlich: Deadly
36. Überlisten: Outsmart
37. Üben: Practice
38. Unbestraft: Unpunished
39. Unterstützen: Support
40. Unterwegs: On the way
41. Vorsichtig: Cautious
42. Vorsicht: Caution
43. Weiter: Further
44. Winzigen: Tiny

3. Das Katz-und-Maus-Spiel beginnt

Eines Tages fasste Stefan den Mut und rief Oskar an. „Hallo, ich habe von deinem tollen Angebot gehört", sagte er und gab vor, auf Oskars betrügerischen Trick einzugehen.

Oskar, der glaubte, ein weiteres Opfer gefunden zu haben, freute sich. „Ah, ein neuer Kunde! Das freut mich", antwortete er mit einem fiesen Lächeln.

Stefan spielte das Spiel mit und gewann langsam Oskars Vertrauen. Die Telefonate zwischen den beiden wurden intensiver, und Stefan drang tiefer in Oskars Welt ein.

„Ich bin so leichtgläubig", tat Stefan unschuldig. Doch in Wirklichkeit sammelte er wertvolle Informationen über Oskars betrügerische Machenschaften.

Die Spannung erreichte einen Höhepunkt, als Stefan es schaffte, Oskar dazu zu bringen, seine eigenen Tricks zu verraten. „Er wird mir schon noch mehr erzählen", dachte Stefan, froh über den Fortschritt.

Stefan war seinem Ziel, Oskar zu überlisten und sein gestohlenes Geld zurückzubekommen, einen Schritt näher gekommen. Das Katz-und-Maus-Spiel ging weiter, und Stefan genoss den Moment der Überlegenheit.

1. Angebot: Offer
2. Antwortete: Answered
3. Betrügerischen: Deceptive
4. Eines Tages: One day
5. Eingeschlichen: Crept
6. Einzugehen: To go into
7. Erfreut: Pleased
8. Erreichte: Reached
9. Erzählen: Tell
10. Fiese: Sneaky
11. Fortschritt: Progress
12. Freute: Delighted
13. Froh: Glad
14. Gab vor: Pretended
15. Genauso: Just as
16. Gebracht: Brought
17. Glaubte: Believed
18. Gönnen: Allow
19. Höhepunkt: Climax
20. Katz-und-Maus-Spiel: Cat-and-mouse game
21. Kunde: Customer
22. Leichtgläubig: Gullible
23. Machenschaften: Machinations
24. Mut: Courage
25. Nichtsahnend: Unaware
26. Opfer: Victim
27. Rief: Called
28. Schaffte: Managed
29. Schritt: Step
30. Spielte: Played

31. Spannung: Tension

4. Der Wendepunkt

Stefan hatte genug Beweise gegen Oskar gesammelt und war entschlossen, ihm das Handwerk zu legen. Mit einer Mischung aus Rache und Gerechtigkeit fühlte er sich selbstbewusster.

Entschlossen, Oskar zur Rechenschaft zu ziehen, setzte sich Stefan mit einem Polizeibeamten in Verbindung. „Ich habe alles, was Sie brauchen, um diesen Betrüger zu schnappen", erklärte er dem Beamten.

Die Polizei war beeindruckt von Stefans Tapferkeit und entschied, ihn in seinem Vorhaben zu unterstützen. Gemeinsam planten sie, Oskar in einer spektakulären Aktion festzunehmen.

Währenddessen ahnte Oskar nichts von Stefans Plan und ging weiterhin davon aus, dass er die Kontrolle hatte. „Diese Leute sind so naiv", dachte er, während er weiter seine betrügerischen Pläne schmiedete.

Die Ereignisse nahmen eine dramatische Wendung, als die Polizei beschloss, in Aktion zu treten und Oskar endlich das Handwerk zu legen. Stefan war bereit, Gerechtigkeit walten zu lassen.

1. Beeindruckt: Impressed
2. Beamten: Officer
3. Beeindruckt: Impressed
4. Betrüger: Fraudster
5. Beweise: Evidence
6. Dachte: Thought
7. Dramatische: Dramatic
8. Entschlossen: Determined
9. Ereignisse: Events
10. Gerechtigkeit: Justice
11. Handeln: Act

12. Handwerk: Craft
13. Hervorragend: Excellent
14. Lag: Lay
15. Legen: Put
16. Mischung: Mixture
17. Nahmen: Took
18. Nichtsahnend: Unaware
19. Rechenschaft: Accountability
20. Schnappen: Catch
21. Selbstbewusster: More confident
22. Spektakulären: Spectacular
23. Tapferkeit: Bravery
24. Treten: Step
25. Unterstützen: Support
26. Verbindung: Connection
27. Vorhaben: Intention
28. Walten: Prevail
29. Wendung: Turn
30. Währenddessen: Meanwhile

5. Die Festnahme

Stefan sprach aufgeregt mit einem Polizeibeamten über den Plan, Oskar festzunehmen. „Stefan, du musst ihn zu diesem Treffpunkt locken. Wir werden in der Nähe versteckt sein und dann zuschlagen", erklärte der Beamte.

„Verstanden", antwortete Stefan. Er rief Oskar an und sagte: „Hey, Oskar, ich habe das Geld, von dem du gesprochen hast. Lass uns uns heute treffen und alles klären."

Oskar, gierig nach seinem nächsten Opfer, willigte ein und schlug einen abgelegenen Ort vor. „Perfekt", dachte Stefan, als er die Informationen mit der Polizei teilte.

Am Treffpunkt angekommen, spürte Stefan die Anspannung. Die Polizei wartete geduldig auf das vereinbarte Signal. Oskar tauchte auf, arglos und selbstgefällig.

Stefan spielte mit, um Oskar in Sicherheit zu wiegen. Plötzlich, als das Signal kam, stürmte die Polizei vor. Oskar war überrascht, als Handschellen klickten.

Stefan konnte ein triumphierendes Lächeln nicht zurückhalten, als die Polizei Oskar festnahm. Die Nachricht verbreitete sich schnell, und Stefan wurde von Freunden und der Gemeinschaft als Held gefeiert.

1. Abgelegenen: Secluded
2. Angekommen: Arrived
3. Anspannung: Tension
4. Arglos: Unwary
5. Beamte: Officer
6. Festgenommen: Arrested
7. Festnahme: Arrest
8. Gedealt: Dealt
9. Geduldig: Patient
10. Gemeinschaft: Community
11. Gesprochen: Spoken
12. Gierig: Greedy
13. Handschellen: Handcuffs
14. Held: Hero
15. Klickten: Clicked
16. Klären: Clarify
17. Kriegte: Got
18. Locken: Lure
19. Lösung: Solution
20. Nachricht: Message
21. Nähe: Near
22. Opfer: Victim
23. Polizeibeamten: Police officer
24. Rief: Called
25. Selbstgefällig: Smug
26. Sicherheit: Safety
27. Spürte: Felt
28. Sprach: Spoke
29. Später: Later

30. Stürmte: Rushed
31. Treffpunkt: Meeting point

6. Die Gerichtsverhandlung

Die Gerichtsverhandlung begann, und Stefan wurde als Zeuge aufgerufen. Er betrat nervös den Zeugenstand und erzählte dem Richter von Oskars betrügerischen Taten. „Ich konnte nicht zulassen, dass er weiter unschuldige Menschen täuscht", sagte Stefan.

Die Beweise, die Stefan gesammelt hatte, wurden vor Gericht vorgelegt. Oskar versuchte vergeblich, sich zu verteidigen. „Ich habe nur Spaß gemacht. Niemand hat wirklich gelitten", behauptete er.

Die Gerichtsverhandlung wurde zu einem Medienspektakel. Stefans Geschichte wurde landesweit bekannt, und die Menschen standen hinter ihm. In der Gemeinschaft wurde er als Held gefeiert, der sich gegen Betrug und Ungerechtigkeit gestellt hatte.

Schließlich wurde Oskar für seine betrügerischen Machenschaften verurteilt. Die Strafe, die er erhielt, wurde als gerecht angesehen. Die Menschen lernten aus Stefans Geschichte, wie wichtig es ist, wachsam gegenüber Betrügern zu sein.

Stefan fühlte eine Befriedigung, die nicht nur aus Rache, sondern auch aus dem Gefühl der Gerechtigkeit kam. Der Fall war abgeschlossen, und die Menschen konnten nun sicher vor Oskars Tricks sein.

1. Abgelegen: Remote
2. Abschließen: To conclude
3. Abschlossen: Concluded
4. Absichtlich: Intentional
5. Bekannt: Known
6. Befriedigung: Satisfaction
7. Betrügerisch: Deceptive
8. Beweis: Evidence

9. Fortsetzen: To continue
10. Gemeinschaft: Community
11. Gerecht: Just
12. Gerichtsverhandlung: Trial
13. Gesellschaft: Society
14. Held: Hero
15. Machenschaften: Machinations
16. Medienspektakel: Media spectacle
17. Strafe: Punishment
18. Täuschen: To deceive
19. Ungerechtigkeit: Injustice
20. Unsicher: Unsafe
21. Urteilen: To judge
22. Verteidigen: To defend
23. Verurteilen: To convict
24. Wachsam: Vigilant
25. Zeuge: Witness

7. Stefans Neuanfang

Die Verurteilung von Oskar brachte Stefan nicht nur Gerechtigkeit, sondern auch Frieden. Nach all den Strapazen war es Zeit für einen Neuanfang.

Stefan saß in seinem Wohnzimmer und sprach mit einem Freund über seine Entscheidung. „Es ist vorbei. Ich will nicht mehr in der Vergangenheit leben", sagte Stefan. Sein Freund nickte zustimmend und lobte Stefans Mut.

Entschlossen, sein Leben ohne Rache und Groll fortzusetzen, überlegte Stefan, wie er seine Erfahrung nutzen könnte. Er beschloss, andere vor Betrug zu warnen und die Gemeinschaft zu stärken. „Wir müssen zusammenhalten und wachsam sein", betonte er.

Stefans Geschichte verbreitete sich in der Gemeinschaft und wurde zu einer Inspirationsquelle für viele, die sich gegen Betrug wehren wollten. Die Menschen bewunderten nicht nur seinen Mut, sondern auch seine Fähigkeit, einen Neuanfang zu machen.

Die Gemeinschaft feierte Stefans Sieg über Betrug und Ungerechtigkeit. Die Menschen um ihn herum drückten ihre Bewunderung aus und versprachen, einander zu schützen.

Stefan blickte optimistisch in die Zukunft, bereit für ein Leben ohne Betrüger und voller neuer Möglichkeiten. „Das ist ein Neuanfang für uns alle", sagte er zuversichtlich.

1. Bewunderung: Admiration
2. Betrug: Fraud
3. Drücken: To express
4. Entschlossen: Resolute
5. Erfahrung: Experience
6. Gemeinschaft: Community
7. Gerechtigkeit: Justice
8. Groll: Resentment
9. Inspirationsquelle: Source of inspiration
10. Möglichkeiten: Opportunities
11. Mut: Courage
12. Neuanfang: Fresh start
13. Quelle: Source
14. Rache: Revenge
15. Schützen: To protect
16. Sieg: Victory
17. Strapazen: Hardships
18. Versprechen: Promise
19. Vergangenheit: Past
20. Wehren: To resist
21. Wohnzimmer: Living room
22. Zuversichtlich: Confident

German Graded Readers

For more books and E-book options visit:

www.briansmith.de